불량 급식 탈출

•• 하나의 진실을 향해 가는
단 하나의 진심

　청소년에게 학교는 작은 사회입니다. 집이라는 공간에서 벗어나 관계를 넓혀 나가는 두 번째 울타리입니다. 마냥 안전한 것 같지만 실상은 그렇지도 않습니다. 때론 사회보다 더 잔인한 일이 일어납니다. 교육은 단계별로 진행되지만, 단계를 넘나드는 인생 경험을 할 수 있는 곳이 학교입니다.

　『불량 급식 탈출』은 자신의 비밀을 감추며 외줄 타기 하듯 아슬아슬하게 살아가는 한 학생의 이야기입니다. 주인공 예준에게는 누구에게도 말 못할 비밀이 있습니다. 홀로 키워 준 아빠가 거는 기대와 상위권 성적을 유지해야 한다는 압박감을 견뎌 내기 위해 예준은 '먹는 것'으로 해결합니다. 그중에서도 급식은 예준에게 일종의 출구입니다. 그런데 급식과 관련된 일에 얽히면서 뜻밖의 사태를 마주합니다. 상황은 점점 예상치 못한 방향으로 치닫는데요. 과연 예준은 고통스러운 굴레에서 탈출할 수 있을까요? 무엇에도 기대지 않고 온전한 삶의 주체자로 살아가고자 분투하는 예준의 진심을 응원해 주세요.

소원라이트나우 06 _____light now

바로 지금, 용기 내어 이야기하는 청소년들의 가려진 문제를 양지로 이끌어 냅니다.

소원라이트나우 06

불량 급식 탈출

초판 1쇄 발행 | 2023년 10월 30일 **초판 2쇄 발행** | 2024년 09월 10일

글 | 강리오 **표지 일러스트** | 해랑

책임편집 | 홍다휘 **책임디자인** | 권수정
편집 | 한은혜 · 양현석 **디자인** | 강연지 · 김보경 **마케팅** | 한소현 **경영지원** | 유재곤
펴낸이 | 이미순 **펴낸곳** | (주)소원나무
주소 | 경기도 고양시 덕양구 으뜸로 110 힐스테이트 에코 덕은 오피스 2동 603호
전화 | 02-2039-0154 **팩스** | 070-7610-2367
홈페이지 | www.sowonnamu.co.kr
등록 | 제2021-000180호(2021.09.30)

ISBN 979-11-93207-21-5 44810
(세트) 979-11-93207-20-8 44810

ⓒ 강리오, 2023

독서활동자료

소원나무 홈페이지

소원나무 는 한 권의 책 속에 우리의 꿈과 희망을 소중하게, 정성스럽게, 웅숭깊게 담아냅니다.

불량
급식 탈출

강리오 장편소설

소원나무

차 례

공모전이 뭐라고

예준은 급식실로 들어갔다. 달큼하고 짭조름한 반찬 냄새가 코에 훅 닿았다. 어떤 메뉴가 나오든 급식실에서 풍기는 냄새는 늘 같았다. 가끔은 조리실로 들어가서 무슨 식재료를 쓰는지 확인하고 싶은 충동마저 일었다.

줄은 평소보다 길었다. 예준은 오늘이 수요일임을 새삼 느꼈다. 매주 수요일에는 특선이 나왔다. 그래 봤자 양념 하나 빠진 것 같은 스파게티나 즉석식품보다 맛이 덜한 짜장밥이 메인이지만, 이날만 되면 콧구멍을 벌름거리는 학생들로 인해 급식실이 들썩였다.

'메인에 왜 저렇게 집착할까. 급식의 묘미는 밑반찬인데.'

예준은 느릿느릿 맨 끝줄에 가서 섰다. 먼저 줄 선 여자애들이 곁눈질로 예준을 흘낏 쳐다봤다. 혼자 급식실에 오면 진기한 광경을 본다는 듯 다들 한 번은 눈길을 건넸다. 정작 예준은 아무렇지 않았다. 오히려 편하게 먹을 수 있어서 좋았다. 새벽같이 일어나 문제집을 풀고 학교에 와서 쉬는 시간에도 교과서를 복습하는 예준이 유일하게 긴장을 푸는 때가 급식 먹는 시간이었다. 학교 급식은 매번 맛있지는 않아도 그럭저럭 먹을 만했고, 영양도 고루 갖췄다. 급식만 잘 먹어도 바닥난 체력을 충전하기에 충분했다.

예준을 보던 여자애들이 저희끼리 수다를 이어 갔다.

"오늘 뭐야? 사 교시에 조느라 못 보고 뛰어옴."

"오므라이스랑 요구르트잖아."

"그래? 그럼 많이 먹어야지. 급식 먹고 매점에서 아이스크림 사 먹자."

"난 초콜릿이 당기는데."

뒤에서 가만히 듣던 예준은 '오므라이스만 급식이냐? 양상추 샐러드랑 오이무침은 왜 빼는데?'라고 속으로 투덜거렸다. 인간의 오 대 영양소를 채워 주는 반찬의 소중함을 모르다니 영 못마땅했다. 예준은 이어폰을 끼고 재생 버튼을 눌렀다. 아이들의 잡담은 서서히 멀어지고 낭랑한 여자 강사의 목소리가 선명히 들려왔다. 급식실 아주머니가 음식을 담아 주는 동안에도 조용히 영어 듣기 평가에 집중했다.

국그릇에 양송이 수프를 마지막으로 받아 들고 예준은 아무도 없는 테이블에 자리를 잡았다. 이어폰을 빼서 케이스에 집어넣고 나니 허기가 밀려들었다. 이런 것도 못 먹는 소진이 불쌍했다. 세상에서 달걀을 가장 싫어하는 소진은 사 교시가 끝나자마자 책상에 엎드렸다. 태어나지도 못한 생명체를 먹는 게 잔인하다나 뭐라나. 유별난 생명 감수성 때문에 달걀 알레르기가 생겼는지도 모른다. 소진이 책상에 엎드린다는 건 오늘 급식에 먹을 수 없는 음식이 있다는 말이고 그 말은 곧 먹지 않겠다는 소진의 의지였다. 덕분에 예준은 유일한 급식 메이트인 소진을 두고 급식실에 홀로 가는 날이 많았다.

케첩 냄새가 새콤하게 올라왔다. 예준은 오므라이스 귀퉁이를 숟가락으로 깔끔하게 잘라냈다. 정갈하게 잘 뜬 밥을 입에 넣으려는 순간, 인기척이 느껴졌다.

"유예준, 나 여기 앉아도 돼?"

예준이 대답하기도 전에 식판이 바로 놓였다. 아이들

의 시선이 일제히 예준 쪽으로 쏠렸다.

"김슬후, 전교 일등이랑 바람피우냐?"

같은 반 남자애가 멀리서 킥킥댔다. 예준은 말없이 남자애를 주시했다. 남자애는 예준과 눈이 마주치자 흠칫 놀라며 돌아앉았다.

어느새 슬후는 맞은편에 앉았다. 슬후가 예준을 보고 미소 지었다.

"오늘 수프 먹어 봤어? 괜찮더라. 나 양송이 수프 되게 좋아하거든."

슬후는 예준이 묻지도 않은 취향을 말하면서 남은 수프를 그릇째 들고 마셨다. 예준은 살짝 언짢아졌다. 적어도 밥은 마음 놓고 먹어야 하건만 시작도 하기 전에 불가능해지고 말았다.

예준에게는 같은 반 남자애들 중 하나일 따름이지만 다른 애들에게는 달랐다. 슬후는 키가 백팔십이 넘었다. 어지간한 여자애들보다 얼굴도 작았고 피부도 하얬다. 게다가 전교 회장에 성적도 꽤 우수했다. 여자친구가 있지만 여자애들이 늘 따라다녔다. 예준은 이 모두가 성가실 뿐이었다.

예준에게 친구를 사귄다는 건 그만큼 공부할 에너지

와 시간을 빼앗긴다는 뜻이었다. 사교육 없이 상위권 성적을 유지하기 위해 예준이 포기한 건 친구를 사귀는 일이었다. 반에서 말을 주고받는 아이라고는 소진이 전부였다. 슬후는 같은 반이라는 것 외에 접점이 하나도 없었다. 그 흔한 조별 활동에서조차 엮인 적 없었다. 슬후가 살갑게 구는 이유는 둘 중 하나다. 그냥 바보거나, 예준을 귀찮게 할 용건을 가져왔거나.

예준은 고개를 돌려 빈자리가 있는지 찾아봤다. 아이들이 한창 들이찰 시간이라 대부분 만석이었다. 다들 시끌벅적 떠들며 전투적으로 급식을 먹고 있었다. 빨리 자리를 뜨는 편이 낫겠다는 생각에 예준은 서둘러 숟가락을 욱여넣었다. 오므라이스 맛은 평이했다. 밖에서는 절대 돈 주고 사 먹을 것 같지 않지만 급식에서는 먹을 만한 수준이었다. 이제 좀 편히 먹나 싶었는데 옅게 화장한 여자애가 슬후 곁으로 다가왔다.

"오빠, 쟤 뭐야?"

"나랑 같은 반 친구. 유예준."

"그니까 왜, 여기 있냐고."

여자애의 말투가 딱딱 끊어졌다. 여자애는 긴 머리카락을 뒤로 쓸어 넘기며 예준을 흘겨봤다. 겨드랑이 아래까지 내려오는 머리끝이 고데기로 손질한 듯 탄력 있게 구불거렸다. 머리 만질 시간에 오 분이라도 더 자는 쪽이 이득이라고 여기는 예준에게는 다른 세상에 사는 부류였다. 예준은 여자애가 입은 교복으로 눈을 돌렸다. 이름표가 있어야 할 자리에 실밥 몇 가닥만 남아 있었다. 이름도 모르는 애가 적개심을 드러내다니 예준은 기가 막혔다.

"학교 일로 얘기할 거 있어서. 근데 쟤가 뭐야. 선배한테. 이따가 연락할게, 희서야."

슬후가 사뭇 점잖게 타일렀다. 희서라는 애는 대놓고 예준을 노려보다가 자리를 떴다.

"원래 착한데 가끔 좀 까칠해. 이해해 줘."

슬후가 예준의 식판 옆에 요구르트를 건넸다. 소중한 급식 시간을 방해해 놓고는 고작 요구르트로 삭치려 들다니. 예준은 말없이 오므라이스를 퍼먹었다. 오늘따라 맨밥만 먹는 것처럼 맛이 텁텁했다.

"오므라이스 좋아하나 봐. 되게 잘 먹네."

그 말에 예준은 숟가락을 탕 소리가 나게 내려놓고 슬후를 쳐다봤다. 아이들의 수군거림이 느껴졌다.

"하고 싶은 말이 뭐야?"

"어?"

"학교 일로 얘기할 거 있다며."

"너 나랑 같이 공모전에 나가 보지 않을래?"

"공모전?"

"응. 급식 공모전. 너도 알지?"

당연히 예준도 알았다. 교장 선생님이 새로 취임한 이래 매년 열리는 급식 공모전은 어느덧 재동중학교의 전통으로 자리 잡았다. 오 년 연속 환경교육 우수학교로 선정된 데에는 급식 공모전이 한몫했다는 이야기가 공공연히 퍼져 있었다.

급식 공모전의 정식 명칭은 '지역 협력 교내 급식 창의 아이디어 공모전'이다. 협력에, 창의에, 좋은 단어는 다 갖다 붙였다. 지역의 발전과 협업을 위해 지역 농산물을 급식에 활용하도록 우수한 아이디어를 모은다는 취지를 해마다 홍보하지만, 학생들의 관심은 다른 데 있었다. 일등으로 뽑히면 급식 아이디어로 만든 메뉴가 실제로 한 달 동안 제공될 뿐만 아니라, 재동고등학교를 비롯해 외고나 과학고 같은 특목고에 지원할 때 무조건 붙는다는 소문이 학생들 사이에 파다했다. 이런 특별한 공모전이 다른 중학교에는 없다, 자기소개서에 쓰면 희소해서 눈에 띈다는 선배들의 후기가 줄기차게 이어졌다. 학생들은 밑져야 본전이란 맘으로 우후죽순 접수했다. 그래서 경쟁률도 쓸데없이 높았다.

"우리가 하면 우승할 거야. 우승하면 너한테도 좋잖아. 안 그래?"

슬후에게서 내가 하면 다 된다는 특유의 긍정 회로가 솔솔 풍겼다. 노력에 대한 배신이라고는 당해 본 적 없는 사람 같아서 예준은 괜히 뱃속이 꼬였다. 결국 오므라이스가 남은 식판을 들고 일어서자 슬후가 황급히 덧붙였다.

"지금 대답해 달라는 건 아니야. 생각해 보고 나중에 꼭 알려 줘!"

예준은 슬후가 건넨 요구르트를 그대로 둔 채 자리를 떴다. 잔반통에 음식을 깡그리 털어놓은 후에야 급식실을 나섰다.

속이 허했다. 급식을 버린 건 처음이었다. 예준은 곧장 매점으로 갔다. 초코 우유와 토마토주스를 하나씩 사 들고 교실로 돌아왔다. 여전히 엎드려 있는 소진의 책상 끄트머리에 토마토주스를 툭 내려놓고 자리에 앉았다. 초코 우유를 들이켜면서도 밑 빠진 독에 붓는 것처럼 허전하고 아쉬웠다. 예준은 마지막 한 방울까지 우유 팩을 탈탈 털었다. 문득 포니쿠키가 떠올랐다.

소진이 일어났다. 천천히 토마토주스를 집어 들고는 부스스한 머리를 예준에게로 돌렸다.

"별로 안 고픈데."

"별로 안 고파서 참 좋겠네."

"아무튼 고마워. 근데 급식실에서 무슨 일 있었어?"

"왜?"

"교실에 온 애들이 너랑 슬후 얘기를 하더라고."

"별거 아냐."

그놈의 공모전이 뭐라고 학기 내내 말 한 번 섞지 않은 슬후가 와서 부탁하다니, 예준은 코웃음이 났다. 물론 슬후가 처음은 아니었다. 공모전 개최 소식이 뜨고 나서 몇몇 아이들이 예준에게 같이 참가해 보자며 조심스럽게 제안해 왔다. 삼 년 동안 최상위권을 놓친 적 없는 예준과 한 팀이 되면 승산이 있다고 판단했겠지만, 예준은 생각이 달랐다. 공모전을 준비하는 아이들이 도무지 이해되지 않았다. 그럴 시간에 내신을 대비하는 게 훨씬 효율적이었다. 거기다 슬후랑 같은 팀을 하면 아마 희서라는 싹수없는 애한테 매일같이 시달릴 게 뻔했다. 그런 생각을 하며 예준은 책가방에서 수학 문제집을 꺼냈다.

소진이 토마토주스를 반쯤 마시고 나서 뚜껑을 닫았

다. 가녀린 손목으로 병뚜껑을 뱅글뱅글 돌리면서 예준을 쳐다봤다.

"먹자마자 공부하면 소화 안 되지 않아?"

"괜찮아. 이번 시험 잘 봐야 하거든."

"괜찮아서 참 좋겠네. 일 학기도 잘 보지 않았어?"

"재동고 가려면 빠듯해."

"재동고야 클래스가 다른 애들이 가는 데고. 맞다. 하긴 너도 남다르지. 내가 네 성적표를 받아 갔으면 엄마가 얼씨구나 하고 폰도 바꿔 줬을 텐데. 오 교시 시작되면 깨워 줘."

푸념을 늘어놓던 소진은 토마토주스 병을 책가방에 넣고 책상 위에 다시 엎드렸다. 예준은 이어폰을 끼고 수학 문제집을 폈다. 이제 퇴로가 없었다. 예준은 일 학기 때 중간고사를 망쳤다. 기말고사도 작년만큼 좋지는 않았다. 이번 중간고사는 반드시 잘 봐야 했다.

재동고는 재동중에 다니는 아이들은 물론이고 근방의 중학생들이 가장 선망하는 고등학교였다. 교사들이 대학 입시를 잘 봐주고 생활기록부를 꼼꼼히 챙겨 준다는 평이 자자했다. 재동고 출신 학생들은 명문대 입학률이 높았다. 재동고에 가려고 바로 옆에 붙어 있는 재동중에 입학한 학생들도 많았다. 예준도 그중 하나였다.

예준은 집중해서 문제집을 풀었다. 수학 문제는 쭉쭉 풀렸다. 당연히 그래야 했다. 벌써 세 번째 돌려 보는 문제집이었다. 그런데 잘 나가다가 마지막 심화 문제에서 막혔다. 아무리 머리를 굴려도 해법이 떠오르지 않았다.

"요새 왜 이러냐."

예준은 애꿎은 샤프심만 꾹꾹 눌러 부러뜨렸다. 요즘 들어 머리가 둔해진 것 같았다. 예전이라면 공식을 외우고도 남았는데 갑자기 머릿속이 하얘지는 일이 잦았다. 뜻대로 문제가 풀리지 않으니 심장 박동이 점점 빨라지고 눈언저리가 시큰한 게 느껴졌다.

예준은 교복 주머니와 책가방을 뒤졌다. 포니쿠키가 없었다. 없는 줄은 알고 있었다. 하지만 지금처럼 가슴이 방망이질할 때마다 포니쿠키를 찾지 않고는 미칠 것만 같았다.

중학교에 다니는 내내 예준은 포니쿠키를 달고 살았다. 성적 때문에 스스로를 달달 볶을 때마다 마음을 달래 주는 건 재미있는 영상이나 게임도 아니었고 아빠가 차려 주는 밥도 물론 아니었다. 포니제과점에서 파는 포니쿠키였다. 포니쿠키를 먹고 나면 마음이 진정되면서 어느새 잔잔한 상태로 돌아오곤 했다.

삼 학년이 되고 나서는 주기적으로 먹지 않으면 좀처럼 진정이 되지 않았다. 포니쿠키 생각에 잠 못 드는 날도 많았다. 중독 증세인가 싶어 인터넷에서 테스트를 찾아 해 봤다. 열 개 항목 중 예준은 여덟 개를 클릭했다. '총점이 여덟 개에서 열 개에 해당하는 사람은 중독 수준이 매우 심각하므로 반드시 전문가와 상담하세요.' 결과가 뜨자마자 예준은 기분 나빠져서 컴퓨터를 껐다. 흡연자에게는 금연 패치가 있고, 알콜 중독자와 게임 중독자에게는 중독 센터가 있다. 그러나 쿠키 중독자를 위한 방책은 아무 데도 없다. 마트에서 비슷한 맛이 나는 쿠키를 사 먹어도 봤지만 소용없었다. 포니제과점의 포니쿠키를 오랫동안 먹지 못하면 예준은 손이 떨리면서 괜히 화가 치밀었다. 목적이 전도되어 중요한 시험조차 뒷전인 채 오로지 포니쿠키를 먹어야겠다는 욕망으로 가득 찼다. 포니쿠키가 입 안에 들어와야만 지겨운 불안도 사그라졌다.

문제와 씨름하는 동안 점심시간이 끝났다. 예준은 끝내 풀지 못한 수학 문제집을 책상 서랍에 쑤셔 넣었다.

'포니쿠키만 먹었더라면 쉽게 집중했을 텐데.'

계속된 허기에 예준은 수업 내용이 귀에 들어오지 않았다. 손톱 밑을 꾹꾹 누르며 잡념을 떨쳐내려 했지만 생각처럼 쉽지 않았다. 쉬는 시간에는 영단어를 되풀이해 쓰면서 긴장감을 늦추기 위해 애썼다. 계속해서 숨을 깊게 몰아쉬었다.

오후 수업이 모두 끝나고 담임 선생님이 들어와 종례를 했다. 예준은 소진에게 인사도 하지 않고 곧바로 자리에서 일어나 뒷문으로 뛰쳐나갔다. 누군가 예준을 불렀다. 예준이 신경질적으로 고개를 돌렸다. 슬후였다.

"생각해 봤어?"

"안 해."

아무리 잘난 전교 회장이 부탁한들 지금 공모전 따위 눈에 들어올 리 없다. 예준은 날뛰는 심장 때문에 괴로웠고, 괴로움을 빨리 끝내고 싶었다. 예준에게 중요한 건 당장 포니제과점 포니쿠키를 입 안에 넣는 것이었다.

예준은 잰걸음으로 복도를 가로질렀다.

"올해는 상금도 올랐더라! 나중에 또 얘기하자. 난 점심시간에 거의 학교 뒤편에 있어."

발걸음을 재촉하는 예준을 향해 슬후가 급히 외쳤다.

예준은 가볍게 넘겼다. 수상 혜택이 뭐든 관심 없었다.

학교 계단을 타고 일 층 중앙 복도로 미끄러지듯 내려갔다. 한쪽 벽면을 크게 차지한 게시판에는 각종 교내외 행사 포스터가 붙어 있었다. 재동중은 다른 중학교에 비해 유난히 교내 행사가 많았다. 토론 대회, 문학 백일장, 독후감 대회, 과학의 달 행사, 그리고 요즘은 찾아보기 힘든 댄스 경연 대회까지 있었다. 나름 진학에 도움을 주기 위해 만들었지만, 상장은 넉넉한 집에서 개인 교습을 받는 학생들이 대거 쓸어 갔다. 예준이 아무리 땀 흘려 노력해도 전문가의 섬세한 손길이 닿은 결과물 앞에서는 빛을 발하지 못했다. 지금 형편에 과외를 받고 싶다고 아빠에게 말하기도 눈치 보였다. 대회 같은 부차적인 데 목매기보다 인터넷 강의 하나라도 더 듣고 악착같이 공부하기로 했다.

신발을 갈아 신으며 예준은 급식 공모전 포스터를 흘긋 돌아봤다. 최근 게시되어 종이가 유독 빳빳했다. 파, 고구마, 콩, 달걀 등이 촌스럽게 그려진 노란 바탕의 포스터 안에는 모집 요강이 작게 나와 있었다. 공모전은 삼 차까지 진행되며, 최종 우승팀은 실제 메뉴가 나오기까지 급식 선생님들과 함께 적극 참여해야 한다는 내용이었다. 상상만 해도 귀찮은 일투성이였다.

"이런 걸 왜 한다는 거야."

운동화 뒤축까지 올리고 나오려는데 어떤 문구가 예준의 시선을 사로잡았다. 예준은 잘못 봤나 싶어 눈을 한참 끔벅였다.

지역 협력 업체의 지원으로 올해 우승자에게는 상금 오십만 원을 수여합니다.

"오십만 원, 오십만 원이면……."

예준은 같은 말을 반복하면서 유령처럼 정문을 빠져나갔다.

중독

학교에서 포니제과점까지는 걸어서 십 분쯤 걸린다. 영어 듣기 평가를 듣다 보면 금방이다. 쉬지 않고 달리면 오 분 안에도 갈 수 있다.

야외 주차장이 딸린 커다란 상가 건물에 자주색 바탕의 간판을 내건 포니제과점은 오랫동안 그 자리를 지켜 왔다. 양옆에 있던 가게들이 폐업하고 업종이 바뀌는 동안에도 포니제과점만은 굳건했다. 간판 속 '포니제과점'이라고 각인된 청록색 글자는 세월 따라 다소 바래졌지만 그런대로 멋스러웠다. 일곱 번째 생일날, 예준은 아빠 손을 잡고 처음 포니제과점에 갔다. 아빠는 포니쿠키를 어린 예준의 손에 쥐여 주며 웃었다. 자주색 상자 안에는 모두 열 개의 포니쿠키가 낱개로 포장되어 있었다. 반짝거리는 금빛 포장지를 뜯으니 까맣고 동그란 초콜릿 포니쿠키가 나왔다. 예준은 포니쿠키를 한 입 베어 물었다. 이제껏 먹었던 쿠키 중에 가장 달고 부드러웠다. 어른 손바닥만 한 크기라 하나만 먹어도 속이 든든해지는 느낌이었다. 그날 예준은 포니쿠키를 두 개나 먹어 치웠다.

포니쿠키 한 상자 가격이 탕수육과 맞먹는다는 사실은 나중에야 알았다. 짜장면 곱빼기 하나를 시켜 아빠와 나눠 먹던 시절이었다. 어린이집을 입학하기도 전에 엄마 잃은 딸을 위해, 아빠는 예준의 생일마다 동네에서 제일 비싼 디저트 가게에서 포니쿠키를 사다 줬다. 쿠키 상자를 들고 다니는 것만으로도 어른들은 예준을 향한 연민의 눈길을 거뒀다. 그 순간 예준은 엄마 없는 불쌍한 아이가 아니라 종종 비싼 쿠키도 사 먹는 가정의 아이가 되었다. 예준은 아빠가 사 준 포니쿠키를 야금야금 아껴 먹었다.

아빠에게 용돈을 받기 시작하면서부터는 포니쿠키를 사기 위해 살뜰히 아껴 썼다. 포니쿠키 살 돈이 모이면 무조건 포니제과점으로 달려갔다. 멀리서 포니제과점 간판이 보일라치면 예준은 가슴이 달뜨곤 했다.

영어 듣기 평가가 끝나기 전에 포니제과점 앞에 다다랐다. 뒤에서 낯익은 목소리가 또다시 예준을 불러 세웠다.

"거기!"

예준의 마음속에 짜증이 스몄다. 굳이 돌아볼 필요도 없었다. 희서가 달려와 예준의 눈앞에 섰다.

"무슨 걸음이 그렇게 빨라."

희서는 들으라는 듯 혼잣말을 하며 숨을 몰아쉬었다. 잡티 하나 없는 깨끗한 피부에, 쌍꺼풀 짙은 눈, 오뚝한 콧대가 작은 얼굴에 오밀조밀 들어가 있었다. 자세히 보니 예쁜 축이었다. 언뜻 아이돌처럼 보이기도 했다. 뛰어왔지만 땀이 보기 싫게 흐른다거나 다리에 단단한 근육이 잡혀 있지 않았다. 호랑이 얼굴 인형의 키링이 달린 자그마한 책가방에는 왠지 교과서가 아닌 화장품 파우치가 들어 있을 것 같았다.

"우리 오빠랑 아까 무슨 얘기 했어?"

숨 고르기가 끝난 희서가 대뜸 물었다.

"너희 오빠 모르는데."

"아니, 슬후 오빠랑 무슨 얘기 했냐고!"

예준은 희서를 어떻게 대해야 할지 잠시 고민했다. 이런 아이 하나쯤 기죽이는 건 예준에게 일도 아니었다. 예

준은 전부터 자신을 무시하는 사람에게는 꼭 배로 돌려
줬다. 초등학교 때 예준이 급식 먹는 사진을 몰래 찍어
'돼지 같다'고 놀리는 아이에게 마시던 물을 들이부어 그
대로 울렸다. 작년에 중학교 언니가 돈을 뜯으려 할 때는
언니의 정강이를 발로 힘껏 차 크게 멍들게 했다. 이 일
은 하극상이라고 소문이 나며 아이들 입에 두고두고 오
르내렸다.

하지만 지금 예준은 심신이 지친 상태였다. 학교에서
부터 식은땀이 나고 벌렁거리는 심장이 가라앉지 않았
다. 인생에서 그다지 중요하지 않은 사람에게 에너지를
쓰느니, 의문점을 해결해 주고 어서 보내 주는 편이 나을
것 같았다.

"급식 공모전에 같이 나가자는데 내가 싫다고 했어.
같은 반이지만 오늘 처음 말해 봤고."

또박또박한 말에 희서의 눈빛이 잠시 흔들렸다. 더 시
비를 걸고 싶지만 마땅한 건수가 없어 보였다.

"얌전히 다녀. 지켜볼 거니까."

희서가 긴 머리카락을 휘날리며 예준을 스쳐 반대편
골목길로 갔다. 예준은 코웃음이 났다. 싱거웠다. 앞뒤
없이 비약도 심하면서 감정만 치우친 꼴이라니. 슬후도

눈이 어지간히 낮은 모양이다.

예준은 다시 포니제과점을 바라봤다. 줄 맞춰 진열된 쿠키들이 통유리창 너머로 예준을 유혹했다. 평일 오후라 그런지 손님이 하나도 없었다. 사람이 없다면 곤란했다. 예준은 근처 나무 뒤로 가서 몸을 숨겼다.

한참을 기다리는데 한 커플이 포니제과점 쪽으로 걸어갔다. 여자가 포니제과점 앞에서 포즈를 취하자 남자가 사진을 찍었다. 잠시 후 커플은 함께 문을 열고 들어갔다. 예준은 커플이 들어가는 걸 보고 자연스레 따라 들어갔다. '어서 오세요.'라고 적힌 팻말이 입구에 비뚜름하게 걸린 채로 예준을 맞았다.

"어서 오세요. 포니제과점입니다."

선한 인상의 아르바이트생이 의례적으로 인사를 건넸다. 사장이 아니라 아르바이트생이라 다행이었다. 그렇다고 마냥 마음이 편해지는 건 아니었다. 평소보다 경계심이 덜해질 뿐, 긴장되긴 매한가지였다.

예준은 익숙한 풍경을 휙 둘러봤다. 천장에 달린 은은한 주광등이 마치 햇살처럼 매장 안을 따스하게 비춘다. 대여섯 명이 들어오면 금방 찰 것 같은 아담한 공간에는 포니제과점을 대표하는 오랜 디저트들이 벽면마다 빼곡히 진열되어 있다. 출입문이 있는 벽면에는 태가 매끄러운 에그타르트와 먹음직스러운 스콘이, 그 오른편에는 소담히 담긴 머랭쿠키와 소소한 파티용품이 있다. 포니제과점에서 가장 비싼 디저트들은 계산대 옆 유리 진열장 안에서 손님을 기다린다.

예준이 원하는 포니쿠키는 문을 열고 왼쪽으로 세 걸음만 가면 바로 보였다. 서너 가지 맛의 시리즈가 쪼르르 열 맞춰 정리되어 있는데, 한 상자에 열 개씩 포장된 오리지널 포니쿠키는 포니제과점이 처음 개업했을 때부터 있었다. 말하자면 원조였다. 요즘 흔히 보이는 르뱅쿠키처럼 큼직하거나 두툼하지는 않지만, 포니제과점의 상징과도 같은 전통적인 제품이라 마니아층이 줄지 않았다.

커플은 서로 손을 잡은 채 다른 손으로 스마트폰을 들어 여기저기 사진을 찍었다. 그러다 여자가 남자 손을 슬며시 놓더니 본격적으로 오리지널 포니쿠키 상자를 촬영했다. 예준은 그들 뒤에서 왼쪽 벽 앞을 서성였다. 그곳은 시시티브이 사각지대였다. 시시티브이 모니터는 계산대 근처에 있었는데, 상자로 나온 완제품이어서인지 그 자리만은 비추지 않았다. 예준은 눈 감고도 매장 안에 뭐가 어디에 있는지 다 꿰차고 있었다. 꾸준히 포니제과점을 들락거린 덕에 디저트들이 진열된 위치 말고도 포장지나 비닐봉지가 있는 곳까지 다 알았다.

커플이 오레오 머랭쿠키와 민트초코 스콘을 골라 계산대로 가져갔다. 오늘 커플은 잘못 골랐다. 민트초코 스콘은 포니제과점에서 가장 평이 안 좋은 디저트였다. 머랭쿠키도 구매율이 높은 축은 아니었다.

포니제과점의 일등은 뭐니 뭐니 해도 오리지널 포니쿠키다. 부드러운 포니쿠키 안에 프랑스산 다크초콜릿 크림이 잔뜩 들어가 있어 한 입만 뚝 물어도 입 안이 달콤함으로 가득 찬다. 예준도 포니제과점에서 파는 걸 죄다 먹어봤지만 결국에는 깔끔한 오리지널 맛으로 돌아왔다.

예준은 출입문에서 가까운 진열대로 슬그머니 다가섰다. 심장이 튀어나와 상자 더미를 향해 뛰고 있는 것만 같았다. 커플이 가까이 오자 아르바이트생은 보고 있던 스마트폰을 내려놓고 상자에 바코드를 찍었다. 남자가 카드를 내밀자 아르바이트생이 계산을 하면서 순간 시야에서 예준이 벗어났다. 예준은 재빨리 포니쿠키 상자를 집어 교복 재킷 안에 집어넣었다. 그러고는 곧장 매장 문을 열고 밖으로 빠져나갔다. 뒤늦게 "감사합니다!" 하는 인사 소리가 희미하게 들려왔다.

예준의 걸음은 빠르게 뛰는 것도, 느리게 걷는 것도 아니었다. 뒤따라 커플의 말소리가 들려올 때 머리칼이 곤두서는 심정이었지만, 들키지 않도록 숨을 찬찬히 골랐다. 마치 아무 일도 없다는 듯 예준은 모퉁이 골목으로 걸어 들어갔다. 포니제과점이 더는 보이지 않았다. 커플도 다른 방향으로 가고 없었다. 주변을 모두 확인한 예준은 기다란 포니쿠키 상자를 죽 뜯었다. 상자 안에 낱개 포장된 포니쿠키가 가지런히 놓여 있었다. 예준은 그중 한 봉지를 조심스레 뜯었다. 혹여 부스러기라도 떨어질까 짐짓 과장된 동작으로.

예준은 입을 크게 벌려 포니쿠키를 통째로 욱여넣었다. 포니쿠키가 녹아들면서 오랫동안 그리워했던 맛이 온통 혀를 감쌌다. 제대로 씹지도 않았는데 포니쿠키는 솜사탕처럼 금세 사라졌다. 두근대던 심장이 마침내 잠든 아기처럼 고요해졌다. 그와 동시에, 묵직한 죄책감이 아래에서부터 올라와 예준의 목을 덩굴처럼 휘감았다. 견디기 힘든 마음이 트랜스 지방처럼 몸속에 달라붙어 끈적히 쌓여 가는 느낌이었다.

예준은 스스로에게 침을 뱉고 싶었다. 하지만 그럴 용기도 없었다. 고작 할 수 있는 일이라고는 훔친 포니쿠키를 최대한 느리게 먹는 것뿐이었다.

언제부터 이 지경이 됐는지 후회가 들었다. 포니쿠키로부터, 포니쿠키에 의존하는 자기 자신으로부터 벗어나고 싶었다. 중학교에 들어올 때만 해도 포니쿠키는 그저 특별한 디저트에 지나지 않았다. 포니쿠키를 먹으면 기분이 좋고 속상한 일이 잊히는 정도였다. 하지만 삼 학년이 되자 포니쿠키의 존재감은 그전과 확연히 달라졌다.

발단은 올해 삼월이었다. 교무실에 갔다가 수학 선생님 책상에 제법 두툼한 문제집이 놓여 있는 걸 발견했다. 한눈에도 가격대가 있어 보였다. 예준은 그 자리에 서서 교무실을 쓱 훑었다. 같은 출판사의 문제집이 다른 과목 선생님의 자리에도 꽂혀 있었다.

집으로 돌아온 예준은 고민했다. 수학은 예준의 발목을 잡는 과목이었다. 수학 선생님이 참고하는 문제집으로 공부하면 내신에 도움이 될지도 몰랐다. 그날 예준은 큰맘 먹고 아껴 두었던 용돈을 긁어모아 수학 문제집을 주문했다. 같은 출판사의 다른 과목 문제집들도 함께 구입했다.

삼 학년 성적은 틀어지면 절대 안 된다. 여기서 삐끗하면 재동고는 완전 포기다. 예준은 목구멍이 꽉 막히는 기분이었다. 그때마다 답답한 가슴을 풀어 주는 건 부드러운 포니쿠키였다.

예준은 점점 포니쿠키를 입에 달고 살았다. 생각날 때 먹지 못하면 집중력이 무섭게 떨어졌다. 가만히 앉아 있어도 백 미터를 전력 질주한 것처럼 심장이 뛰었다. 예준은 스스로 생각해도 자기 자신이 이상했지만 애써 외면했다. 이상해진 이유에 대해 고민할 여유도 없었다. 결국 중간고사 마지막 날, 예준은 포니쿠키를 먹고 싶은 충동과 싸우느라 이전만큼 시험에 집중하지 못했다.

성적표가 나오고 예준은 주저앉았다. 성적이 꽤 떨어지고 말았다. 문제집도 더 많이 풀었고, 자는 시간도 더 많이 쪼갰다. 노력은 배로 했는데 성적은 반대로 갔다. 이대로라면 재동고 입학은 꿈도 못 꿀 일이었다. 속에서 자꾸만 이상한 소리가 들려왔다. '모든 게 포니쿠키 때문이야. 포니쿠키를 먹지 못해서 그런 거야.' 그럴 때마다 입 안에 단맛이 돌았다.

얼마 후 예준은 자기도 모르게 포니쿠키를 상자째 훔쳤다. 처음이었다. 처음은 두 번이 되고 세 번이 되어 어느덧 끔찍한 일상이 됐다. 더 비참한 건, 다음 기말고사에서 다시 전교 일등을 했다는 사실이었다. 완벽한 성적표를 받고 예준은 희열과 혐오를 동시에 느꼈다. 다시 회복한 게 자신의 실력인지, 포니쿠키 덕분인지 헷갈렸다.

예준은 포니쿠키 상자를 책가방 안쪽 깊이 쑤셔 넣고는 집으로 향했다. 걸음을 옮길 때마다 들썩거리는 포니쿠키 상자가 여기 범인이 있다고 소리치는 것 같았다. 모래에 발이 푹푹 빠지는 기분이었다. 뭐라도 붙잡고 싶었지만 공허한 바람만이 예준을 에워쌌다.

'오십만 원.'

문득 학교를 나오기 직전에 봤던 급식 공모전 포스터가 떠올랐다. 예준은 상금으로 포니쿠키를 얼마나 살 수 있는지 퍼뜩 계산했다. 두 명이 팀으로 나간다면 각자에게 떨어지는 건 이십오만 원이다. 이 순간 예준에게 가장 간절한 건 지금부터 마지막 기말고사까지 언제고 맘 편히 먹을 수 있는 포니쿠키다. 하루에 하나씩 먹는다면 한 달에 세 상자가 필요하다. 앞으로 석 달을 먹는다고 가정하면 나눈 상금만으로 충분히 포니쿠키를 사 먹을 수 있다. 나머지 돈으로 문제집을 사거나 인기 강사의 인터넷 강의는 물론 부교재까지 결제할 수 있다. 예준은 온몸에 칭칭 휘감긴 덩굴을 뗄 수 있는 힘이 생기는 것만 같았다.

아빠는 아직 오지 않았다. 예준은 집에 도착하자마자

곧장 방으로 들어갔다. 책상에 앉아 책가방에서 수학 문제집을 꺼냈다. 한때 수학 문제집을 볼 때마다 '결제하지 않았더라면 포니쿠키를 훔치지 않아도 됐을 텐데.' 하며 후회를 거듭한 적이 있었다. 그러나 학교 선생님들이 출제하는 크고 작은 시험에 간간이 응용되어 나오는 걸 보고는 가까스로 마음을 다독였다. 아이들이 학원에서 나눠 주는 출력물들을 푸는 데 급급한 동안, 예준은 문제집들만 동아줄처럼 붙잡았다.

예준은 막혔던 문제를 다시 풀었다. 아까는 미처 발견하지 못한 부분이 보였다. 드디어 문제의 해답을 찾아내고 예준은 샤프를 내려놓았다. 역시 포니쿠키를 먹은 직후라 컨디션이 좋았다. 이때 공부하면 기억력도 오래갔다. 하늘에 노을이 어슴푸레 깔릴 때까지 예준은 불을 켜지도 않은 채 문제집을 반복해 풀고 또 풀었다.

"딸! 아빠 왔는데 알은척도 안 해?"

아빠가 예준의 방문을 빼꼼 열었다.

"몰랐어. 지금 공부하잖아."

실은 알고 있었다. 도어락 눌리는 소리를 진작 들었다. 몰래 포니쿠키를 먹고 온 날이면 아빠 얼굴을 마주하기가 괜스레 어려웠다.

"그래. 이따 저녁 다 준비되면 나와. 알았지?"

아빠가 방문을 소리 나지 않게 닫았다.

예준은 문제집을 덮고 책상 구석으로 밀었다. 컴퓨터를 켠 후 학교 홈페이지에 들어가니 급식 공모전을 알리는 배너가 크게 떴다. 상금은 포스터에서 봤던 그대로였다. 예준은 멍하니 화면을 바라봤다.

"와서 밥 먹어! 굶으면 집중 안 돼."

아빠가 큰 소리로 말했다. 예준은 자리에서 천천히 일어나 거실로 나갔다. 돼지고기를 큼직하게 잘라 넣은 김치찌개와 흰쌀밥이 오늘의 저녁이었다. 아빠가 국밥집을 차린 후로는 주로 집에서 국이나 찌개만 놓고 먹었다. 아니, 그보다 오래전 예준이 어렸을 때부터 밥상에는 요리하나와 밥이 전부였다. 예준이 조금 더 커서는 가끔 김밥이나 샌드위치가 올라왔다. 한번은 다른 찬이 너무 먹고 싶었던 예준이 과감하게 두부조림을 시도했다가 냄비를 홀라당 태워 먹는 바람에 불이 날 뻔한 적이 있었다. 그후 예준도 반찬을 깔끔하게 포기했다.

주방에서 반찬 냄새가 나는 날은 손에 꼽았다. 국밥집에서도 반찬은 깍두기가 유일했다. 반찬까지 만들기에는 아빠가 여력이 없었다. 아빠가 투자를 잘못해서 돈을 왕

창 날렸다는 사실을 아주 나중에야 알았다.

예준은 초등학교에 입학해서 처음 마주한 급식을 아직도 잊지 못한다. 빨간 토마토케첩을 뿌린 소시지볶음과 시원 알싸한 백김치, 바싹하게 구운 채소전에 그리 맵지 않은 순한 맛 부대찌개를 싹싹 긁어 먹었던 기억. 음식을 남기지 않았다며 선생님께 칭찬도 받았다. 매일 달라지는 반찬을 기대하며 먹는 재미로 예준은 학교생활이 즐겁기까지 했다. 반찬의 가짓수가 많으면 왠지 헛헛했던 마음도 두둑하게 채워지는 것 같았다. 이번 달에는 어떤 반찬에 무슨 재료가 들어가는지 마치 식단표를 친한 친구가 보낸 편지인 것처럼 읽으며 흐뭇해했다. 급식이 자신을 챙겨 주는 기분마저 들었다.

아빠와 마주 앉으려니 예준은 어색했다. 아빠와 밥을 같이 먹는 게 실로 오랜만인 것 같았다. 한동안 예준은 늘 혼자 밥을 먹었다. 아빠는 국밥집 운영만으로 빠듯해 배달 서비스를 시작했고 밤이 늦어서야 집에 들어왔다. 일일이 리뷰에 댓글을 달아 주니 일손이 늘었다.

"웬일로 일찍 왔어?"

예준이 여전히 아빠 얼굴을 보지 않고 말했다.

"웬일은. 가끔은 딸이랑 밥 먹어야지. 재동고 준비는

잘돼 가?"

"학원도 못 가는데 뭘 어떻게 잘해. 당연히 힘들지."

"우리 딸, 오늘따라 왜 기분이 안 좋은 건데. 하긴, 공부 스트레스가 많지?"

예준은 입을 다물었다. 속내를 특별히 털어놓지 않아도 아빠는 언제나 헤아려 줬다. 예준이 피곤하다고 하면 아빠는 예준을 데리고 가 장어를 사 먹였고, 예준이 사고 싶은 옷이 생길 때면 아빠는 어떻게 알았는지 평소보다 용돈을 두둑이 건넸다. 아빠 나름의 표현 방식이었다. 언젠가 술에 취한 아빠가 했던 말을 예준은 잊지 못한다. 엄마는 떠났지만 예준이 있어서 산다고. 그런 아빠에게 포니쿠키를 훔쳤다는 사실은 쉽게 털어놓을 수도, 결코 들켜서도 안 됐다.

"용돈 좀 올려 줘."

"재동고 가면 두 배로 줄게."

"문제집 살 돈이 부족하단 말이야."

"그래? 그럼 장바구니에 담아 놔. 아빠가 나중에 주문해 줄게."

"요즘 손님 많다며. 그냥 좀 올려 달라고!"

예준이 거칠게 숟가락을 내려놓았다. 탁 소리가 적막

한 공기를 갈랐다. 혼낼 법도 한데 아빠는 흥분한 예준을 말없이 쳐다보기만 했다. 그러다 별안간 텔레비전을 틀더니 다시 밥을 먹기 시작했다. 예준은 그대로 자리에서 일어나 방으로 들어갔다.

아빠가 왜 용돈을 올려 주지 않는지 예준은 이미 알고 있었다. 예준의 진학과는 별개로 국밥집이 사실상 어려워진 탓이다. 중간고사가 지나고, 예준은 바닥에 구겨진 카드 고지서를 우연히 봤다.

자기 일은 스스로 해결해야 한다. 힘든 일일수록 더욱 그렇다. 그게 예준 집안의 가풍이었다. 아빠는 늘 예준 앞에서 "우리 딸, 우리 딸." 하며 환한 표정을 보였지만, 정작 본인이 힘들 때는 꽁꽁 숨겼다. 할아버지가 일찍 돌아가셔서 고등학교를 중퇴할 수밖에 없었던 것도, 남들보다 일찍이 취업 전선에 뛰어들면서 중졸이라 무시받았던 것도, 겨우 모은 돈을 날리는 바람에 어린 예준을 홀로 재워 놓고 밤새 일하러 나갔다는 것도 아빠의 고단한 통화 소리를 엿듣다가 모두 알게 됐다.

예준은 서운했다. 아빠는 왜 그런 일을 예준에게 말하지 않았을까. 예준의 존재가 아빠 삶의 이유라더니 정작 삶의 도움은 안 된다고 생각하는 걸까.

오랜 고민 끝에 예준은 결론을 내렸다. 자신에게는 아직 힘이 없다는 사실을 인정해야 했다. 아빠의 버팀목이 되려면 돈을 많이 벌거나 좋은 대학을 나와야 한다. 돈은 지금 벌 수 없다. 하지만 대학은 노력하면 갈 수 있다. 예준은 지금 그 작업을 찬찬히 해 나가고 있다. 학교에서 학력우수상을 받은 날, 아빠는 예준을 끌어안으면서 활짝 웃는 얼굴로 말했다. 고맙다고.

예준은 급식 공모전을 떠올리며 손에 얼굴을 묻었다. 급식 공모전은 교내 다른 공모전과 다르게 과외를 받지 않아도 된다. 그나마 학교에서 열리는 각종 대회나 행사 중에는 기회가 균등하게 돌아가는 셈이다.

예준은 다시 컴퓨터를 켰다. 학교 홈페이지에서 상세 내용을 확인했다. 급식 공모전은 무려 삼차까지 통과해야 했다. 일차는 기획안 제출, 이차는 영양사 선생님과 급식 도우미 선생님들 앞에서 발표, 삼차는 전교생 투표였다. 예준은 작년 이맘때쯤 학교 홈페이지에서 진행한 전교생 투표 공지를 어렴풋이 기억해 냈다.

상금도, 혜택도 일등에게만 주어진다. 만약 급식 공모전에서 일등이 되면 예준에게도 수상 이력이 생긴다. 재동고는 성적 외에도 다양한 활동을 본다. 예준은 이 년

동안 도서부를 맡았고 학습 동아리도 했지만, 교내 활동으로 수상한 적은 없었다. 공모전이나 대회에 나가지 않았으니 당연했다. 미술 공모전에서는 미술 학원에서 그려 온 작품을 제출한 학생이 상을 받았고, 글짓기 백일장에서는 국어 과외 선생님이 써 준 글을 낸 학생이 상을 차지했다.

현관문 열리는 소리가 들렸다. 아빠가 조용히 집을 나간 모양이었다. 어디 갔는지 물어보나 마나였다. 저녁 장사를 위해 국밥집에 갔을 테니까. 예준에게 학교와 집이 전부인 것처럼 아빠에게도 집 아니면 국밥집이었다. 아빠가 말도 없이 나가니 왠지 예준은 서운했다.

예준은 도로 거실로 나왔다. 텅 빈 주방에는 예준이 남긴 밥과 뚜껑이 닫힌 냄비가 식탁 위에 그대로 있었다. 냄비 뚜껑을 열자 김이 확 올라왔다. 언제 다시 끓였는지 숭덩숭덩 썰린 스팸도 들어 있었다. 돼지고기도 모자라 스팸까지. 이래서 아빠가 더 싫다.

예준은 식탁에 앉아 찌개와 밥을 다 먹어 치웠다. 빈 그릇을 싱크대 안에 내려놓고 소파에 비스듬히 기댔다. 스마트폰으로 학교 홈페이지에 들어갔다. 급식 공모전의 과거 수상 내역을 찾아 하나하나 읽었다. 일등이 아주 불가능해 보이지는 않았다. 전략을 제대로 세운다면 해 볼 만하다 싶었다. 예준은 지난 이 년간 자기만의 시험 전략을 늘 짜곤 했다. 시험이든 뭐든 전략이 중요하지 않은가. 싹수없는 여자애가 조금 거슬리긴 하지만 어차피 공모전을 하고 나면 끝날 인연이다.

달걀과 배신

예준은 혼자 지내는 시간이 많다. 익숙하다. 그럼에도 때론 더 철저하게 혼자 있고 싶은 순간이 있다. 오늘 같은 날이다.

"어디 아파?"

걱정하며 다가오는 소진에게 혼자 급식 먹으라고 할 수 없었다. 수업이 끝나자마자 책상에 엎드려 있던 예준은 마지못해 몸을 일으켰다.

"생각 좀 하느라."

"무슨 생각? 머리에 과부하가 온 건 아니고?"

"아니야."

예준은 부정했지만 어쩌면 소진의 말이 맞았다. 어젯

밤 졸업생들이 남긴 급식 공모전 후기들을 스마트폰에서 샅샅이 찾아 읽었다. 자정 넘어 아빠가 오고 나서야 예준은 슬그머니 방으로 들어갔다. 검색을 멈추고, 다시 책상에 앉아 공부를 시작했다. 잠깐 시계를 봤더니 새벽 세 시가 넘어가고 있었다. 머리를 베개에 대고 눈을 감았다. 급식 공모전 포스터가 눈앞에 빙빙 돌았다. 결국 그 새벽에 포니쿠키 반 조각을 먹고 나서야 겨우 잠이 들었다. 아침까지 계속된 피로는 두통으로 이어져 오전 내내 예준을 괴롭혔다. 예준은 관자놀이를 양손으로 지그시 누르며 소진에게 물었다.

"오늘 급식 뭐야?"

"산채 비빔밥."

"그럼 천천히 가도 되겠네."

"지금 가도 늦어. 교실에 우리만 남았어. 배고프니까 빨리 가자."

예준이 교실을 둘러보니 정말로 둘밖에 없었다. 소진은 급식에 먹을 수 있는 메뉴가 나오면 늘 먼저 예준에게 왔다. 예준이 늑장을 부리면 빈자리에 앉아 기다렸다. 오늘은 더 못 기다리겠는지 앞장서 교실을 빠져나갔다. 예준은 일어나 길게 기지개를 켜며 소진의 뒤를 따랐다.

급식실 줄은 평소보다 짧았다. 오늘처럼 풀이 많이 나오는 날은 아이들이 매점으로 방향을 틀었다. 덕분에 예준과 소진은 그리 오래 기다리지 않고 식판을 받았다. 오늘의 급식은 산채 비빔밥과 배춧국, 미니 핫도그, 방울토마토, 나박김치였다. 예준은 모두 챙겨 받았고 소진은 핫도그를 담지 않았다.

"왜? 달걀 안 들어갔잖아."

"반죽에 들어갔을지 누가 알아?"

소진이 비빔밥 그릇에 소담히 담긴 달걀프라이를 예준에게 넘겼다. 소진 덕분에 예준은 이 세상에 얼마나 많은 식품에 달걀이 들어가는지를 알게 됐다. 시중에서 파는 빵과 케이크, 각종 전, 피자, 과자 등. 소진은 이따금 세상이 자신을 밀어내는 것 같다고 했다. 음식을 자유롭게 고를 수 없는 소진은 그래서인지 가끔 까칠했다. 같은 반이 되어 예준에게 처음 건넨 말도 "넌 무슨 식판까지 다 씹어 먹을 거 같아. 급식이 그렇게 맛있니?"였다. "보기는 좋네."라며 언니처럼 굴더니 급식 시간이 되면 어느새 예준에게로 다가와 있었다. 소진은 학교에 오면 예준에게 말을 거는 걸로 일과를 시작했다. 예준도 서서히 소진과 마음을 텄다.

예준은 달걀프라이 두 개를 한 번에 으깼다. 겨우 달걀
프라이 하나가 더 보태졌는데 상추 조각이 그릇 밖으로 넘
쳤다. 소진이 산채 비빔밥을 야무지게 비비는 동안 예준
은 빠져나가려는 채소를 연거푸 숟가락으로 넣었다. 예준
은 비빔밥 그릇이 꼭 자기 머릿속 같다고 생각했다.

"급식 공모전, 어떤 것 같아?"

"그놈의 급식 공모전. 완전 짜증 나. 없어졌으면 좋겠
어."

소진이 갑자기 숟가락을 그릇 속에서 팍팍 휘두르며
신경질을 냈다. 의외의 반응이었다. 예준은 비빔밥을 한
술 떠먹으며 소진의 다음 말을 기다렸다. 고추장이 섞이
다 말아 밍밍한 맛이 입 안에 가득 찼다.

"급식 공모전만 끝나면 급식이 이상해져. 공모전에서
당선된 메뉴가 한동안 나오잖아? 근데 그것만 먹으면 배
탈이 나. 작년에도, 재작년에도 그랬어. 학교는 뭐 하나
몰라. 그런 공모전을 전통이라고 밀다니. 오 년밖에 안
됐는데 무슨 전통이냐? 어이없어."

소진은 화풀이하듯 비빔밥을 헤집으며 투덜거렸다. 학
교에서 벌어지는 사건에 쌀알만큼의 관심조차 없는 예준
도 작년 이맘때는 또렷이 기억했다. 일등은 양파였고, 양

파로 만든 해독 주스가 매일 후식으로 나왔다. 양파가 다이어트와 두뇌 회전에 좋다는 홍보 덕택에 인기를 끌었지만 시간이 갈수록 남아돌았다. 나중에는 뜯지도 않은 주스 팩들이 운동장에 굴러다녔다. 거기서 끝이 아니었다. 급식 반찬에도 양파가 기본으로 깔렸다. 시금치 무침에 양파가 더 많이 들어가기도 했고, 흐물거리는 정체불명의 양파 요리도 나왔다. 양파볶음밥이 사흘 연속 나왔을 때는 학교 홈페이지 게시판에 불만이 쏟아졌다. 그 시기, 화장실 줄이 유독 길었다. 예준은 줄 서는 시간이 아까워 참았다가 수업이 끝나자마자 집으로 달려갔다. 성가셨던 기억이지만 그게 급식 공모전 때문이라고 추측해 본 적은 없었다.

"다른 공모전에 비하면 꽤 공평한 축이지. 급식 공모전은 과외를 받을 수 없잖아."

"관심 있어?"

소진이 비빔밥을 꼭꼭 씹으며 예준을 물끄러미 바라봤다.

"나?"

"만약 네가 한다면 달걀 빼고 다 찬성이야."

"왜?"

예준은 되물었다.

"당연한 거 아냐? 내가 못 먹으니까 그렇지."

달걀과의 악연은 소진이 다섯 살 때 시작됐다고 한다. 소진은 어린이집에서 먹은 달걀찜 때문에 응급실로 실려 갔다. 음식 알레르기는 크면서 서서히 사라지기도 하는데 소진은 그렇지 않았다. 달걀이 섞인 빵이나 케이크를 조금만 먹어도 입술이 부풀어 올랐다.

"달걀은 안 돼. 이건 의리야."

소진은 예준에게 숟가락을 총처럼 겨눴다.

"뭐, 생각해 보고."

"생각할 게 뭐 있어! 달걀로 하면 나 진짜 삐질 거야."

소진이 짐짓 큰소리를 냈다. 사실 예준이 머리가 지끈대도록 생각한 건 콩이냐, 달걀이냐였다. 공모전에 나가겠다는 결심은 이미 끝낸 터였다. 올해의 식재료는 파, 고구마, 콩, 달걀이었다. 파는 단독으로 잘 먹지 않으니 인기가 없을 테고, 고구마는 맛있지만 영양적인 면에서 한계가 있었다. 남은 건 콩과 달걀인데, 둘 중에서 고르자면 채식을 즐기지 않는 학생들에게는 달걀이 더 선호 대상일 것 같았다.

"그동안 학교 행사에는 신경도 안 쓰더니, 어쩌다 급

식 공모전에는 관심이 생겼어?"

소진이 방울토마토를 집으면서 물었다.

"그냥. 해 볼 만한 것 같아서."

"팀으로 해야 하잖아. 누구랑 하려고? 참고로 난 안해. 너도 이해하지?"

소진이 방울토마토 꼭지를 따서 비어 있는 반찬 칸에 툭 던졌다. 작은 꼭지가 식판에서 튕겨 나와 바닥으로 떨어졌다. 예준은 꼭지를 주워 식판에 다시 놓았다.

"어제 김슬후가 물어봐서 고민 중이야."

"김슬후? 우리 반 김슬후? 그랬구나. 역시 전교 회장이 다르긴 하네. 그동안 너한테 공모전 하자는 애들 꽤 있었잖아."

"그렇지."

예준이 얼버무리면서 밥알을 삼켰다. 소진은 구태여 말을 보태지 않았다. 예준이 산채 비빔밥을 다 먹었는데도 소진의 밥그릇에는 밥이 반 넘게 남았다. 예준은 일부러 미니 핫도그를 천천히 씹으면서 소진이 다 먹을 때까지 속도를 맞췄다. 알레르기 재료가 들었을까 봐 천천히 먹는 습관이 생겼다는 소진에게 빨리 먹으라고 재촉할 수는 없었다.

마침내 소진이 산채 비빔밥을 다 먹고 숟가락을 내려놓았다. 예준은 소진과 함께 식판을 퇴식구에 내려놓고 급식실을 빠져나왔다.

"먼저 올라가. 잠깐 들를 데가 있어서."

앞서가는 소진에게 예준이 말했다.

"또 도서실? 너도 징하다. 알겠어."

소진은 종이 인형처럼 사뿐히 계단을 올라갔다. 보통 점심을 먹고 나면 예준은 수학 문제를 풀었다. 교실이 시끄러울 때는 도서실로 가서 공부했다. 오늘 예준의 발걸음이 향한 곳은 교실도, 도서실도 아니었다.

예준은 건물 밖으로 나왔다. 운동장은 축구하는 아이들이 차지했다. 운동장과 학교 사이에 놓인 돌계단은 매점에서 군것질거리를 사 온 학생들로 붐볐다. 예준은 건물을 끼고 학교 뒤편으로 돌아갔다. 오 년 연속 환경교육 우수학교로 선정된 학교답게 뒤편에는 교장 선생님의 지시로 만들어진 작은 텃밭이 있었고, 그 옆에는 뜬금없게도 닭장이 있었다. 토끼도 아니고 학교에 닭장이 있으니 처음에는 신기해서 몰려들었으나 시간이 지나면서 그마저도 뜸해졌다. 예준은 애초 관심이 없었기에 이곳에 올 일이 거의 없었다. 슬후가 여기 있다고 말하지 않았다면 졸업할 때까지 오지 않았을 것이다.

닭장 앞에서 모이통을 들고 있던 슬후가 예준에게로 고개를 돌렸다. 슬후의 표정이 밝아졌다. 긴 속눈썹에 쌍꺼풀진 눈이 예쁘장한 반달이 됐다.

"왔어?"

슬후가 미소로 예준을 맞았다. 예준은 슬후의 행동이 마음에 들지 않았다. 마치 예준이 올 줄 알았다는 듯 자신 있는 모습이었다.

예준은 감정을 숨긴 채 슬후 옆에 서서 닭장을 내려다봤다. 나무로 짠 닭장 안에 닭 네 마리가 정신없이 모이를 쪼아대고 있었다.

"방금 부어 줬거든. 맨날 주는데도 굶은 것처럼 저렇게 머더라."

슬후가 닭장 문에 걸린 자물쇠를 돌려 잠갔다. 그리고 열쇠는 닭장 밑으로 살짝 밀어 넣었다.

"거기다 두면 위험하지 않아?"

"괜찮아. 어차피 다들 관심 없거든. 내가 맡기 전부터 열쇠는 계속 여기 있었어."

슬후는 열쇠를 닭장 다리 쪽 가까이에 두었다. 언뜻 보면 열쇠가 있는지 아무도 모를 것 같았다. 자유를 찾아

줄 열쇠가 바로 아래에 있는지도 모르고 닭들은 고개를 연신 처박은 채 배를 채웠다.

"공모전 생각해 봤어?"

슬후가 본론을 꺼냈다.

"그전에 물어볼 게 있어."

"뭔데?"

"왜 하려는 거야? 공모전."

"재동고 갈 때 유리하니까."

슬후가 예준의 눈을 똑바로 쳐다보며 대답했다. 슬후의 시커먼 눈동자 속에 단호함이 서려 있었다. 그래도 예준은 슬후의 말이 만족스럽지 않았다.

"상도 여러 개 탔고 전교 회장까지 했는데, 그만하면 충분하지 않아?"

"내가 원하는 건 가능성이 아니야. 백 퍼센트지. 확실한 게 아니면 의미 없어."

'너도 그렇지 않아?'라고 묻는 것 같은 얼굴로, 슬후가 예준을 빤히 바라봤다. 예준은 마지막 말이 마음에 들었다. 조그맣고 말간 얼굴 뒤에는 우수한 결과물을 냈던 거대한 힘 같은 게 있지 않을까. 이런 아이와 한 팀이라면 타율이 높을 것이다. 최종 목표가 같으니 더 이상 피할 이유는 없었다.

"그럼 해 보자."

"오, 정말이지? 나중에 딴소리하기 없기다!"

슬후가 모이통을 옆구리에 끼고 오른손을 반갑게 내밀었다. 악수하자는 의미였지만 예준은 쭈뼛했다. 아직 그 정도로 예준의 마음이 열리지는 않았다. 예준은 못 본 척 질문을 던졌다.

"생각해 둔 재료는 있어?"

"당연히 달걀이지."

슬후가 무람한 듯 손을 거두며 답했다.

"왜?"

"완전식품이니까."

"콩은 어때? 요새는 콩으로 만든 제품도 다양하게 나와. 두뇌 발달에 좋은 비타민 비도 많고. 요즘 대세가 채식이기도 하잖아. 콩에 글루텐을 넣으면 고기 같은 식감을 낼 수도 있지. 달걀보다는 콩이 여러모로 유리하지 않겠어?"

예준은 자기도 모르게 답변을 장황히 늘어놓았다. 순간 소진이 떠올랐다.

"만약 무인도에 일주일간 고립됐는데 네 가지 음식 중

에 하나만 먹어야 한다면, 넌 뭘 고를 거야?"

슬후가 의미심장한 표정으로 물었다. 예준은 잠시 주춤했다. 콩의 장점을 이야기하면 슬후도 한 번쯤 고개를 끄덕일 줄 알았다. 슬후의 질문은 예준의 예측에서 완전히 엇나갔다.

"콩이 몸에 좋다고 콩을 고를 거야? 아니, 넌 달걀을 택할걸? 하나만 먹기에는 달걀이 콩보다 먹기가 훨씬 편하거든. 맛도 있고."

대답을 기다릴 것도 없다는 듯 슬후가 말을 이었다.

"공모전에서는 트집잡힐 게 저기 저 모이만큼도 없어야 해. 이번 급식 공모전에서는 그게 달걀이야. 학생 투표도 있는데 애들이 콩을 좋아하겠어, 달걀을 좋아하겠어? 당연히 콩보다는 달걀이지."

"달걀 알레르기가 있는 사람도 있어."

예준이 침묵을 깨고 말했다.

"누구? 그렇게 따지면 콩 알레르기 있는 사람도 고려해야지."

그동안 예준은 학교에서 토론을 벌이거나 소소한 말다툼이 일어나면 진 적이 없었다. 말 섞기가 단지 귀찮을 뿐, 누군가를 설득하는 것만큼은 자신 있었다. 하지만 지금 슬후의 말은 일리가 있었다. 예준은 대꾸할 말이 떠오르지 않았다.

산채 비빔밥이 그사이 소화됐는지 심한 허기가 찾아왔다. 포니쿠키가 간절해진 예준은 주머니를 더듬었다.

"달걀로 하면 우승할 거야. 날 믿어. 난 탈락한 적이 없거든."

슬후가 자신 있는 얼굴로 예준을 바라봤다.

"결과가 어떻게 될지는 아무도 모르는 거야."

"안 될 게임이었다면 처음부터 하지 않았지. 걱정 마. 우리가 같이 나가면 일등 할 수 있어."

슬후는 진심이었다. 말과 행동에 흔들림이 없었다. 미래를 보고 온 사람처럼 확고했다. 밑도 끝도 없는 저 자신감은 대체 어디서부터 온 걸까. 문득 예준은 궁금했다. 미적지근한 것보다는 낫겠지만 왠지 모르게 찜찜하고 좋지 않았다.

종이 울렸다. 점심시간이 끝났으니 오 교시를 준비할 시간이다. 예준은 생각해 본다고 말하고서 혼자 뒤돌아 걸어갔다. 운동장에서 신나게 뛰느라 옷이 홀딱 젖은 남자애들이 땀 냄새를 풍기며 계단을 오르고 있었다. 예준은 그들을 지나쳐 복도 구석으로 갔다. 거기서 주머니에 넣어 두었던 포니쿠키 반 개를 서둘러 털어 넣었다. 포니쿠키의 단맛이 혀끝에 녹아들었다.

예준은 치마에 대충 손을 닦고 교실로 들어섰다. 교탁 주변에 삼삼오오 모여 있는 아이들과 달리 소진은 자리에 앉아 문제집을 풀고 있었다. 예준을 발견한 소진이 문제집을 들고 다가왔다.

"이것 좀 알려 줘. 도저히 모르겠어."

예준은 문제를 들여다봤다. 문제의 난이도가 생경했다. 예준은 소진에게서 문제집을 받아 들고 앞표지를 봤다. 고등학교 수학 문제집이었다.

"나도 잘 모르겠는데."

예준이 고개를 저었다.

"뭐야? 너 전교 일등이잖아. 이것도 몰라?"

"고등학교 문제도 다 알아야 해?"

"하긴 그렇지. 이거 학원 숙제야. 못 풀면 샘이 여태 학원 허투루 다닌 거라고 했는데. 망했다."

소진이 담담히 말했다. 솔직히 망한 사람의 표정은 아니었다. 소진은 지나치게 솔직해서 조금이라도 언짢으면 참지 못하고 바로 표출했다. 그리고 인정할 건 빠르게 인정했다. 예준은 소진의 그런 점을 좋아했다. 몇몇 아이들은 소진을 불편하게 생각했지만 지나치게 솔직하다는 건 믿을 수 있다는 뜻이고, 인정이 빠르다는 건 쓸데없이 고집 피우지 않고 겸손하다는 뜻이었다. 예준이 전교권에 속한다는 사실만으로 접근하는 아이들이 학기 초에 더러 있었다. 문제집은 어떤 걸 푸는지, 학원은 어디에 다니는지, 누구에게 과외를 받는지 따위를 은근히 돌려 물었다. 겉으로는 사근사근 대하면서 이용해 먹으려는 아이들보다는 솔직하고 인정이 빠른 소진이 백배 나았다.

소진이 옆구리에 문제집을 끼고 예준을 물끄러미 봤다.

"왜 그래?"

예준이 묻자 소진이 대뜸 손을 뻗어 예준의 입가를 훔쳐 냈다. 예준은 소스라치게 놀랐다.

"뭐야?"

"뭐긴. 뭐 묻었어. 무슨 중학생이 칠칠치 못하게 입에 묻히고 다니냐? 나 몰래 맛있는 거 먹고 온 거 아냐? 치사하게."

소진이 장난기 어린 웃음을 지었다. 분명 같이 웃고 넘길 상황인데 예준은 그게 되지 않았다. 먹고 온 게 매점에서 파는 빵이나 핫도그 같은 거라면 "뭐래? 내 입만 쳐다보냐?" 정도로 가벼이 넘겼을 것이다. 그러나 예준이 먹은 건 훔친 포니쿠키였다. 예준은 현장에서 들키기라도 한 것처럼 얼어붙고 말았다. 어서 벗어나고 싶다는 생각이 찰나에 스쳐 지나갔다.

소진이 고개를 살짝 기울이며 예준의 눈을 들여다봤다.

"너 오늘 좀 이상하다. 설마 무슨 일 있는 거야?"

"아냐, 그런 거."

예준은 소진의 눈길을 슬며시 피하며 자리로 갔다. 교과서를 꺼냈다. 오늘 나갈 진도를 눈으로 대강 훑었다. 눈은 교과서에 있지만 다른 감각과 신경은 온통 소진을 향했다.

잠시 후 교실로 슬후가 들어왔다. 모이통은 다른 데 두었는지 빈손이었다. 슬후는 곧장 예준에게로 왔다.

"생각해 봤어?"

"생각할 시간이 너무 짧은 거 같은데."

"시간 없어. 기획안 제출이 모레까지야."

예준은 앉아 있는 소진의 뒷모습을 바라봤다. 머릿속이 복잡했다.

아빠를 제외하고 소진은 예준에게 가장 가까운 사람이었다. 매년 학기 초만 되면 아이들은 저마다 단짝을 만들기 위해 서로를 탐색했다. 안전한 둥지를 찾아 헤매는 작은 새처럼, 작업은 은밀하고 치열했다. 보통 한두 달 안에 단짝은 정해졌다. 예준은 그 모든 과정에서 늘 홀로 남았다. 호기심에 다가온 아이들도 실망하며 떠났다. 친구에게 관심이 없는 것 같다는 게 이유였다. 그래도 별수 없었다. 예준은 인간관계보다 생존이 우선이었고, 예준에게 생존은 결국 공부였다. 친구를 사귀며 세세한 마음까지 보여 줄 여유가 없었다.

소진은 독특했다. 다른 아이들처럼 딱히 서운하다는 표현을 하지 않았다. 하고 싶은 말은 다 하면서도 예준에게 바라는 게 그다지 없었다. 예준도 소진이 곁에 있으면 유쾌하고 편했다.

하지만 오늘은 아니었다. 입가에 남은 부스러기를 들킨 순간, 예준은 저 멀리 보이지 않는 곳으로 소진을 뚝 떼어 내고 싶었다. 소진이 포니쿠키를 먹은 거냐고 묻지도 않았는데, 포니쿠키를 훔치다 소진에게 걸린 것도 아닌데, 예준은 얼굴이 화끈 달아오르고 심장이 몹시 두근거리는 걸 느꼈다.

눈을 감고 우선순위를 따졌다. 중학교에서 처음 사귄 친구인 소진이냐, 죄책감에서 벗어나게 해 줄 상금이냐. 예준은 천천히 숨을 내쉬며 마음을 정했다. 결정을 내렸지만 편치 않았다.

"해."

마른 입술 사이로 겨우 말이 새어 나왔다.

"뭐라고?"

"네가 제안한 걸로 하자고."

수학 선생님이 들어왔다.

"이따 학교 끝나고 도서실에서 만나자."

슬후가 황급히 말하며 자리로 돌아갔다. 예준은 교과서를 펴고 아무렇지 않은 듯 앞을 바라봤다. 소진이 왠지 뒤돌아보는 것 같았지만 예준은 애써 선생님에게 시선을 고정했다.

비밀 청소

"이 시간에도 들어갈 수 있어? 아직 여섯 시밖에 안 됐
는데?"

아빠가 삶은 달걀 껍질을 까면서 재차 물었다.

"어."

"때맞춰 여는 줄 알았더니 재동중은 역시 달라도 다른
가 보네."

아빠의 말에 예준이 달걀을 우물거리며 끄덕였다. 달
걀이 먹고 싶다고 했더니 새벽부터 아빠가 바구니에 잔뜩
삶아 놓았다. 아빠가 예준 앞에 까 놓은 달걀을 건넸다.

"더 먹어. 하나로 되겠어?"

"괜찮아. 갔다 올게."

예준은 책가방을 둘러메고 집에서 나왔다. 쌀쌀한 공기가 뺨을 스쳤다. 두 시간 남짓 잤더니 눈이 아프고 정신이 몽롱했다.

간밤에 예준은 잠이 오지 않아 침대에서 도로 일어났다. 그러고는 포니쿠키를 천천히 녹여 먹으며 새벽 내내 급식 공모전에 필요한 자료를 수집했다. 자료 찾기는 어렵지 않았다. 슬후와 회의한 내용을 토대로 조사하면 됐다. 어제 학교 수업이 끝나고, 예준은 도서실에서 슬후와 만났다. 슬후의 준비성은 예준 못지않았다. 달걀의 영양 성분부터 청소년기의 식습관까지 어느 정도는 모두 꿰고 있었다. 예준과 슬후는 그 자리에서 급식 아이디어를 나눴다. 그리고 예준이 자료를 더 찾아보고 슬후가 취합해 정리하기로 하면서 둘은 헤어졌다. 예준은 검색한 정보를 새벽 다섯 시쯤 슬후에게 메일로 보내고 나서야 겨우 잠이 들었다.

예준은 후드 재킷의 지퍼를 끝까지 채워 올렸다. 이어폰을 끼고 영어 듣기 평가를 틀었다. 거리는 아직 잠들어 있었다. 편의점 외에 불 켜진 곳은 없었다. 버스가 황량한 도로를 자유로이 질주했다. 예준은 텅 빈 인도 끝 대형 상가에 도착했다. 포니제과점 옆에 있는 대형 상가는

육 층에 피트니스 센터가, 오 층에 찜질방이 있었다. 이른 시각에도 대형 상가 곳곳은 환했다.

예준은 건물 안으로 들어갔다. 일층에서 문 연 가게는 아직 없었다. 복도 안쪽이 어두컴컴했다. 예준은 익숙하게 복도를 가로질러 일층 상가 화장실로 갔다. 제일 끝 칸에 있는 청소 도구함에서 빗자루를 찾아 들고 다시 조용한 복도를 지나 건물을 빠져나왔다. 바깥이 환하게 느껴졌다. 시계를 보니 집에서 나온 지 십여 분이 지나 있었다.

예준은 포니제과점 앞으로 갔다. 불 꺼진 포니제과점은 스산했다. 출입문에 걸린 팻말은 '내일 만나요.'로 바뀌어 있었다. 야외 주차장에는 차가 한 대도 없었다. 예준은 주변을 쓱 둘러본 후 책가방을 포니제과점 앞에 내려놓았다. 후드를 덮어썼어도 교복 치마 때문에 누가 봐도 재동중 학생이었지만, 예준 본인이라는 사실만은 들키고 싶지 않았다. 인적이 드물어도 얼굴이 드러나는 건 신경 쓰였다.

예준은 매장 앞부터 빗자루로 쓸었다. 주로 쿠키 부스러기나 포장지들이 굴러다녔다. 누가 버렸든 상관없었다. 쓸어 낼 것이 많을수록 예준은 마음이 놓였다. 제 몫을 하는 기분이었다.

포니쿠키를 처음 훔친 날, 잠이 오지 않았다. 간신히 잠들어도 금방 깨거나 온갖 해괴한 꿈에 시달렸다. 그 후 두 번째로 훔쳤을 때는 꼬박 밤을 새고 포니제과점으로 달려갔다. 뭐라도 해야겠다는 마음이 본능적으로 들었는데, 포니제과점 앞에 유독 쓰레기가 많아 거슬렸던 게 떠올랐다. 예준은 포니제과점 근처에 버려진 쓰레기를 일일이 손으로 주웠다. 마지막 쓰레기까지 줍고 나서야 졸음이 쏟아졌다. 부대끼던 양심이 그제야 예준의 목덜미를 놓아줬다. 그날 예준은 일 교시가 시작되기 전까지 책상에 내리 엎드려 잤다.

그다음부터는 포니쿠키를 훔칠 때마다 꼬박꼬박 포니제과점 주변을 청소했다. 바로 옆 대형 상가 내 화장실이 열려 있다는 사실을 알고 나서는 빗자루를 가져다 썼다.

한참 만에 비질을 마쳤다. 포니제과점 앞이 깨끗해지니 예준은 뒤늦게 피로가 파도처럼 덮쳐 왔다. 긴장이 풀리면서 눈꺼풀 위로 졸음이 몰려왔다. 이만하면 학교에 가서 푹 잘 것 같았다.

빗자루를 들고 상가로 들어가려는데 유리문에 묻은 수많은 지문이 눈에 띄었다. 반년 가까이 포니제과점을 청소하다 보니 더러우면 괜히 거슬렸다. 예준은 지문들을 깨끗이 닦아 내고 싶었다. 그러면 소진에 대한 미안한 마음이 덩달아 지워질 것 같았다. 소진의 부탁을 저버렸다는 사실도 예준의 양심을 짓눌렀다.

예준은 다시 시계를 봤다. 여유가 있었다. 어디선가 들려오는 엔진 소리를 뒤로하고 서둘러 상가 화장실로 향했다. 빗자루를 내려놓고 고무 유리닦이와 세척 분무기를 챙겨 나왔다.

어둠에 잠겨 있어야 할 포니제과점에 그사이 불이 켜져 있었다. 유리창 너머로 사람이 보였다. 모자를 눌러쓴 남자가 계산대 앞에서 뭔가를 끄적거렸다. 연신 하품을 하면서도 펜을 놓지는 않았다. 야외 주차장에는 흰색 미니 트럭 한 대가 세워져 있었다.

예준은 우뚝 멈춰 섰다. 영어 듣기 평가를 끄고 이어폰을 집어넣었다. 포니제과점이 문 여는 시간은 공식적으로 오전 열 시다. 아르바이트생이 일찍 와도 아홉 시 반 정도였다. 이렇게나 사장이 일찍 와 있긴 처음이었다. 혹시 그전에도 종종 같은 시간대에 왔는데 교묘하게 지나쳤던 걸까.

예준은 사장의 눈에 띄고 싶지 않았다. 당장 학교로 내

달리면 좋겠지만 포니제과점 앞에 예준의 책가방이 있었다. 피 같은 돈으로 산 문제집들이 다 들어 있었기에 차마 팽개치고 갈 수 없었다.

예준은 눈으로 책가방을 찾았다. 없었다. 갑자기 머리가 지끈거렸다. 흔적 없이 청소만 하고 가려 했는데 계획이 틀어졌다. 포니제과점 앞에만 서면 절벽에서 외줄 타기를 하는 심정이었다. 조금이라도 예상에서 어긋나면 아슬아슬한 외줄에서 떨어져 나갈 것만 같았다. 아득했다. 예준은 생각을 거듭했다. 책가방을 다른 데 내려놨을지도 모른다. 자신이 착각했을 수도 있다. 먼발치에서 초조히 어슬렁거리며 차라리 착각이길 바랐다. 심장이 튀어 나갈 기세로 방방 뛰었다.

포니제과점 문이 열렸다.

"거기 학생! 이거 학생 거야?"

낯익은 중저음의 목소리였다. 정신이 아찔했다. 예준을 불렀을 뿐인데 지난날을 사장한테 송두리째 들킨 것처럼 가슴이 철렁 내려앉았다.

예준은 천천히 고개를 돌렸다. 사장이 책가방을 들고 있었다. 예준은 겨우 마음을 진정시키며 간신히 대답했다.

"맞아요."

"와서 가져가. 학생이 자기 책가방도 제대로 간수하지 못하면 어떡해? 무겁긴 엄청 무겁네."

사장은 책가방을 든 채 투덜거렸다. 예준은 유리닦이와 분무기를 한쪽 옆구리에 끼고 문 앞으로 쭈뼛쭈뼛 갔다.

"감사합니다."

예준은 책가방을 끌어안고 사장이 볼세라 고개를 깊이 숙였다. 사장의 얼굴을 제대로 올려다볼 자신이 없었다. 어차피 너무나 익숙하고 잘 아는 얼굴이었다. 까무잡잡한 피부에 덥수룩한 턱수염 때문에 포니제과점 사장보다는 시골 농부가 더 잘 어울렸다. 얼굴이 넙데데해서 맞는 모자가 없는지 맨날 똑같은 회색의 허름한 모자를 쓰고 다녔다. 예준은 사장이 입은 잿빛 앞치마에 시선을 두었다. 앞치마에서 고소한 냄새가 났다.

"이 시간에 그건 왜 들고 있어? 어디 근처 새벽 알바라도 하는 거야?"

"그냥. 청소 좀 하느라……."

"그냥? 수상하네. 요즘 학교는 유리창 닦는 봉사도 시키나?"

예준의 머리에 땀방울이 차올랐다. 영화에서는 범인이 피해자 앞에서 고개도 뻔뻔하게 잘만 치켜들던데. 예준은 숨도 편히 쉬어지지 않았다.

맞은편에서 배달 트럭이 요란한 소리를 내며 포니제과점 앞에 도착했다. 사장은 배달 트럭으로 곧장 달려갔다. 기사가 내려 트럭에 실은 상자를 사장 앞에 내려놓았다. 상자에는 '포니제과점'이라고 적혀 있었다. 예준은 황급히 책가방을 멨다.

"안녕히 계세요."

사장이 인사를 들었는지는 중요하지 않았다. 예준은 사장 쪽을 보지도 않은 채 뒤돌아 학교로 달려갔다. 교문 앞에 다다라서야 고무 유리닦이와 세척 분무기가 여전히 손에 들려 있다는 사실을 깨달았다. 예준은 책가방을 열어 문제집들로 꽉 찬 공간에 유리닦이와 분무기를 억지로 집어넣었다.

교실에 들어서니 무사히 안착한 기분이 들었다. 예준은 자리에 털썩 주저앉았다. 긴장이 풀리면서 식은땀이 났다. 후드 재킷을 벗어 의자에 걸쳐 놓고 책상에 엎드렸다. 수상하다는 사장의 말이 가시처럼 걸렸다. 수상한 사람은 주목을 받는다. 주목을 받다 보면 진실이 드러난다. 예준은 진실을 은폐하기 위해 눈에 띄지 않으려 애썼지만, 오히려 누가 봐도 수상한 사람이 되고 말았다.

'왜 수상하다고 말했을까. 내가 그렇게 수상해 보였나. 혹시 다 알고 있는데 떠본 건가.'

피곤한데도 잠이 오지 않았다. 온갖 생각이 꼬리에 꼬리를 물었다. 어느새 반 아이들이 하나둘 들어왔다. 저희끼리 인사를 나누며 잡담을 주고받느라 교실이 점점 소란스러워졌다. 예준은 유리문을 닦지 못하고 도망친 게 마음에 걸렸다.

"예준아, 어디 아파?"

소진이었다. 소진에게 급식 공모전 재료를 달걀로 정했다고 말해야 할지 잠시 고민했다. 지금이 기회일지도 몰랐다. 입가에 묻은 포니쿠키를 들킨 이후로 소진과 제대로 말을 해 보지 못했다. 하지만 달걀로 정했다는 말 한마디가 저 깊은 곳에 가라앉아 나오지 않았다.

"좀 피곤해서."

"좀이 아니라 엄청 피곤해 보이는데."

"어제 거의 못 잤거든."

예준이 뻐근한 어깨를 돌리며 기지개를 켰다.

"몇 시간 잤는데?"

"두 시간쯤."

"어떻게 사람이 두 시간을 자고 버텨?"

"그러게. 근데 잠이 안 와."

소진이 예준의 어깨를 토닥였다.

"공부 좀 적당히 해."

예준은 고개를 끄덕였다. 대답할 기운도 없었다. 더 할 말이 남은 듯한 소진을 뒤로하고 예준은 다시 엎드렸다. 몸이 천근만근이었다. 일 교시 국어 선생님이 들어오고 나서야 겨우 일어나 교과서를 폈다. 예준은 얼마 남지 않은 에너지를 수업 시간에만 오롯이 썼다. 쉬는 시간에는 엎드려 쉬다가 선생님이 들어오면 몸을 일으켰다.

점심시간이 되니 살짝 배가 고팠다. 이번에는 소진이 책상에 엎드려 있었다. 오늘 점심은 먹지 않겠다는 의지가 느껴졌다. 예준은 좀비처럼 흐느적거리며 급식실로 내려갔다. 오늘의 메뉴는 달걀 볶음밥이었다. 반찬으로 떡볶이와 김말이 튀김이 나왔다. 보통의 아이들이라면 열광하는 메뉴이지만 오늘 예준에게는 위장을 채워 줄 음식 이상도, 이하도 아니었다.

예준은 허기를 달랠 정도만 먹고 일어섰다. 식판에 밥과 반찬이 조금씩 남았다. 웬일인지 예전만큼 맛있지가 않았다. 어떤 급식이든 바닥을 볼 때까지 싹싹 긁어먹는 게 일상이었는데 이상했다.

'너무 신경 써서 그런가.'

스스로도 의아했다. 아무리 생각이 많아서라고 해도 급식을 남기다니, 예준에게는 드문 일이었다. 정확한 해답을 찾지 못한 채 급식실에서 나오는데 슬후가 앞을 가로막았다.

"무슨 일 있어? 표정이 안 좋은데."

"아냐. 왜?"

"도서실에 가자. 기획안 정리가 끝났어. 네가 괜찮다 하면 이대로 내려고."

슬후의 말을 듣고 예준은 설핏 정신이 들었다. 어제 예준이 슬후에게 자료를 보낸 시간은 새벽이었다.

"벌써 끝났다고?"

"응. 자료가 엄청 알차던데?"

"그걸 언제 다 했어?"

예준은 놀랄 수밖에 없었다.

"원래 다섯 시 반쯤 일어나. 깨자마자 메일함부터 확인한 거고. 제출일이 얼마 안 남았잖아. 그래서 서둘렀지. 자료를 잘 찾아 준 덕에 생각보다 빨리 끝났어."

기획안에 들어갈 내용이 아주 많은 건 아니었다. 메뉴를 선정한 이유와 아이디어를 적용할 수 있는 현실적인 방법을 에이포 용지 두 장 이내로 잘 요약해 제출하면 급식 공모전에서 일차는 너끈히 통과한다는 게 선배들의 조언이었다. 그렇다고 해도 슬후의 얼굴은 예준과 너무나도 대조적이었다. 뽀송뽀송한 데다 개운해 보이기까지 했다. 시험 기간이 되면 아이들의 눈가에 드리워지는, 흔한 다크서클조차 없었다. 뿌듯한 표정을 짓는 슬후가 괜히 낯설게 느껴지기까지 했다. 대단하다기보다는 무서운 쪽이었다.

슬후가 예준에게 기획안을 내밀었다. 투명 엘자 파일 안에 '급식 공모전 기획안'이라는 글자가 큼지막하게 비쳐 보였다. 예준은 파일을 펼쳐 하나하나 내용을 읽어 봤다. 전날 두 사람이 내린 아이디어가 논리적으로 정리되어 있었다. 결론부터 말하자면 달걀빵을 만들어 아침에 나눠 주자는 것이었다. 아침을 거르는 학생들이 수두룩하고 밤늦게까지 학원에서 공부하는 학생들도 의외로 많았다. 달걀로 만든 빵이라면 배를 든든히 채울 수 있다, 포장 상태로 나눠 주면 아침에 바로 먹어도 되고 나중에 챙겨 먹기도 편리하다, 달걀이 들어갔으니 영양 역시 우수하다는 내용을 조리 있게 적었다. 때때로 급식실에 여유 있는 식재료를 첨가해 색다른 달걀빵을 만들어도 좋다는 문장까지 덧붙였다.

"이만하면 괜찮네."

예준은 안도감이 들었다. 동시에, 포니제과점 사장과 뜻하지 않게 마주치면서 긴장했던 마음도 아주 살짝 풀어졌다. 급식 공모전에서 우승을 하면 총 오십만 원이라는 상금을 탈 수 있다. 그 돈이면 앞으로 포니제과점에서 정정당당히 쿠키를 결제할 수 있다. 피하기 바빴던 사장 앞에서도 고개를 들 수 있다. 그 출발점이 기획안이다. 지금 기획안은 예준이 보기에 흠잡을 데가 없었다.

"다행이다. 같이 내려 가자."

슬후의 말에 예준은 고개를 끄덕이며 일어났다.

둘은 계단을 올랐다. 교무실에 들어서니 바로 문 옆에 '급식 공모전 기획안 제출하는 곳'이라고 쓰인 종이가 붙어 있었다. 그 아래 넓적한 바구니에는 먼저 제출한 기획안들이 쌓여 있었다. 슬후도 기획안을 바구니에 내려놓았다. 예준은 마음이 한결 가벼워졌다. 상금을 향해 한발 다가간 기분이었다. 교무실을 나오는데 슬후가 돌아보며 말했다.

"이따 번호 좀 알려 줘. 공모전 준비하려면 앞으로 얘기할 게 많으니까."

"그래."

예준은 마지못해 대답했다. 다른 사람에게 연락처를 주는 일이 그리 내키지 않았다. 연락처를 아는 친구라고는 소진이 유일했는데 하나가 더 늘어나게 생겼다.

"내 번호도 저장할 거지? 이번만 하면 끝이라고 저장 안 하면 서운할지도."

예준의 생각을 알 리 없는 슬후가 장난스럽게 말했다.

"올해 처음 말 걸었으면서 서운은 무슨."

"설마 내가 학기 초에 말 안 걸어서 삐진 거야?"

"뭐래? 아니거든!"

순간 예준이 발끈하자 슬후가 싱긋 웃었다. 확실히 생긴 건 호감형이었다. 깔끔한 외모에 성격도 사근사근하니 적수가 없었다. 열등감을 경험하지 않은 사람은 구김살도 없다는데, 슬후가 딱 그런 유형이었다. 예준과 다른 세계에서 살아온 사람. 둘이 이야기하며 걸어가는데 시끌시끌 말소리가 들려왔다.

"요즘 누가 종이로 뽑아서 내냐? 학교 홈페이지에 그냥 올리지."

"우리가 제일 눈에 띌 거야. 가장 잘했을 테니까. 안 그러냐?"

"어유, 오글거려. 그만 좀 떠들어."

남자애들 셋이 우르르 올라오고 있었다. 가운데서 걸어오는 가장 키 큰 아이의 손에 종이 뭉치가 달랑거렸다. 젓가락 같은 외모에 다소 너저분한 곱슬머리가 촌스러운 아이였다. 어디선가 많이 봤던 인상이었다. 높은 톤의 목소리도 익숙했다. 예준은 교복 명찰을 보고 나서야 최찬호를 기억해 냈다. 초등학교 때 급식 먹는 예준의 사진을 찍었다가 물세례를 당한 놈이었다.

찬호가 예준을 보고 잠시 멈칫하더니 너스레를 떨었다.

"유예준, 너도 공모전 하냐?"

예준은 대꾸하지 않고 지나갔다. 슬후가 남자애들을 번갈아 봤다.

"또 무시하네. 그러니까 좋냐? 이번 공모전에는 우리가 무조건 일등 해야겠다. 누구 때문에 팽팽한 접전이 예상되는구나. 킥."

찬호가 들으라는 듯 크게 말하며 남자애들과 함께 교무실로 들어갔다.

"방송부 했었어?"

문 닫히는 소리가 나기 무섭게 슬후가 예준에게 물었다.

"아니. 왜?"

"쟤 방송부에서 봤던 것 같아서. 어떻게 아는 사이야?"

"일 학년 때 같은 반."

"좀 짜증 나는 스타일인데."

짜증 나는 정도가 아니었다. 무슨 인연인지 중학교 입학식이 끝나고 반에 들어가 보니 찬호가 앉아 있었다. 재동중에 와서도 찬호는 별반 다르지 않았다. 말수도 많은 데다 어지간히 신경을 긁는 타입이었다. 학기 초부터 선 넘는 장난으로 아이들과 종종 다투기도 했다. 친하지도 않은데 이 아이 저 아이 기웃거리면서 깐족댔다. 꼭 상대방이 화를 내거나 반응을 크게 보여야 장난질을 멈췄다. 예준은 엮여 봤자 피곤한 일만 생길 것 같아서 찬호를 피해 다녔다. 찬호는 약이 올랐는지, 어느 날 급식실에서 예준을 보고는 작정한 듯이 비아냥거렸다.

"거지냐? 완전 마시고 있네. 집에서 밥 안 주냐?"

순간 예준은 손에 쥐고 있던 젓가락을 찬호에게 던졌고, 젓가락은 그대로 날아가 찬호의 눈을 정면으로 타격했다. 외마디 비명과 함께 주위가 일순 조용해졌다. 찬호는 얼굴이 벌겋게 상기된 채 예준에게 성큼성큼 다가갔다. 예준은 일어나 식판을 들었다. 여차하면 가격할 태세였다. 아이들이 허둥지둥 말리기 시작했고, 소란한 틈에 선생님까지 찾아오면서 사건은 마무리됐다. 생각보다 큰 해프닝이었다.

"성가시면 무시해. 기어 올라오면 밟으면 되지."

슬후가 껌이라도 밟은 듯 발바닥을 끌며 말했다. 예준은 과격하게 들렸지만 말없이 고개를 끄덕였다.

안쓰러운 노력

"내가 너 될 줄 알았어. 전교 일등이랑 전교 회장이 뭉쳤는데 일차는 거뜬하지."

소진은 놀라는 기색도 없었다. 갈치구이 뼈를 하나하나 발라내는 데 집중하느라 예준을 쳐다보지 않았다. 예준은 잔뼈를 빼내다가 진작 포기했다. 가시가 많은 생선은 학생들에게 비인기 메뉴라 많이 남았다. 그 덕에 소진은 갈치구이 조각을 세 개나 받아 왔다.

"암튼 축하해. 애들이 그러는데 올해는 일차부터 떨어진 팀이 많다더라. 심사가 까다로워진 건지. 갈치 좀 나눠 줄까?"

"아냐, 너 많이 먹어."

"좀 먹어. 요새 부쩍 안 먹더라."

소진이 잘 발라진 갈치 살을 예준의 밥 위에 올려다 놓았다.

포니쿠키를 소비하는 속도가 점점 늘었다. 하루에 반 개나 한 개면 충분했는데 어제는 두 개나 먹었다. 오늘도 학교 오기 전에 예준은 벌써 포니쿠키 하나를 통째로 삼켰다. 그러니 급식을 봐도 배가 고프지 않았다.

어젯밤, 예준이 누우려는데 아빠가 거실로 불렀다. 아빠는 문제집 사라며 예준에게 현금을 건넸다. 국밥집에서 바로 가져왔는지 돈에서 고추장 냄새가 솔솔 풍겼다. 예준은 아빠 생각이 바뀌기 전에 얼른 돈을 챙겼다. 이 돈이면 포니쿠키 한 상자를 사고도 남았다. 예준은 급식 공모전 이야기를 슬며시 꺼냈다. 재동고 입학에 유리할 수 있다는 말과 함께 일차를 통과했다는 말도 잊지 않았다. 아빠 눈이 동그래졌다. 몇 차까지인지, 할 만한지 같은 질문이 쏟아졌다. 갑자기 부담스러워진 예준은 다음에 이야기한다며 방으로 들어갔다. 그게 바로 어제 일이었다.

소진이 얹어 준 갈치 살을 보니 예준은 속이 얹히는 것 같았다. 소진에게는 달걀로 정했다는 이야기를 아직도 하지 못했다. 찜찜하고 걱정됐다. 축하까지 받으니 먹지도 않은 생선 가시가 목에 걸린 것만 같았다. 예준은 미역국을 떠먹었다. 미지근한 미역이 미끄덩거리며 목구멍으로 넘어갔다. 소진은 정갈하게 분류한 가시들을 한쪽으로 밀어냈다.

"이차는 뭐야?"

"영양사 선생님이랑 급식 도우미 선생님들 앞에서 발표하는 거."

발표는 삼일 뒤였다. 슬후가 귀띔해 준 바로는 이번에 교장 선생님도 참석한다고 했다. 일차에 합격한 팀들은 기쁨을 누릴 새도 없이 다음 준비에 들어갔다. 발표가 끝나면 바로 선생님들의 질의에 응답도 해야 했다. 이때 제대로 답하지 못하면 바로 실격이었다. 평소 텅 비어 있는 도서실에 아이들이 삼삼오오 모였다. 예준도 오늘 수업이 끝나고 슬후와 도서실에서 만나기로 했다. 그 후 삼차의 관문은 매우 좁다. 고작 두 팀이 올라간다.

소진이 고개를 절레절레하며 미역국을 헤집었다. 미역 줄기들이 숟가락에 한데 엉켰다.

"상상만 해도 아찔하다. 발표는 어떤 방식으로 해?"

"자유인데 아무래도 피피티가 깔끔하겠지."

예준이 밥알을 깨작대며 말했다. 일차 합격 소식이 발표되던 날, 슬후는 예준에게 이전에 만든 적 있는 피피티 자료를 보여 줬다. 예준은 입을 다물지 못했다. 어디서 배웠는지 슬후는 프로그램을 무척 잘 다뤘다. 슬후가 자료의 제작을 맡기로 하면서 자연스럽게 발표는 예준의 몫이 됐다. 예준은 대본을 만들어서 달달 외우기로 결심했다. 반복 학습이라면 예준에게 그리 어렵지 않았다.

갈치구이를 모두 먹어 치운 소진이 의자에 비스듬히 기대앉았다.

"식재료는 뭘 골랐어?"

"컥. 콜록콜록."

미역국을 떠먹던 예준이 사레가 들렸다. 기침이 나오고 눈물이 고였다. 소진은 황급히 일어나 물을 떠 왔다.

"오늘 왜 그래? 천천히 좀 먹어."

소진이 예준의 등을 살살 두드렸다. 물을 마시고도 기침을 서너 차례 더 뱉은 뒤에야 예준은 겨우 진정할 수 있었다. 예준이 서둘러 식판을 들고 일어나자 소진도 엉겁결에 따라나섰다. 예준은 남은 음식을 수거함에 모두 탈탈 털고 급식실을 벗어났다.

시원한 바람이 불어와 목덜미를 간지럽혔다. 까마득하

게 높은 하늘을 올려다보며 예준은 살짝 현기증을 느꼈
다. 또 포니쿠키가 먹고 싶어졌다. 남은 포니쿠키를 집에
두고 왔다는 생각이 들자마자 위가 텅 비면서 갑자기 아
래로 몸이 푹 꺼지는 느낌이 들었다. 심한 공복감으로 속
이 울렁였다.

"매점 갈래?"

예준이 소진을 보며 말했다.

"그래. 뭐 먹게?"

"아무거나. 배를 채울 수 있는 거."

"그럴 거면 밥이나 제대로 먹어. 아까 급식도 거의 다
남겨 놓고. 그럴 거면 왜 받았냐? 음식 아깝게."

소진이 잔소리를 퍼붓는 사이 예준은 빠른 걸음으로
매점에 들어갔다. 예준은 초코 롤빵과 아몬드 우유를 골
라 결제했다. 둘은 매점 앞 정자 끝에 있는 벤치로 가서
자리를 잡았다. 예준이 소진에게 아몬드 우유를 건넸다.

"이렇게 자꾸 받으면 미안한데."

"그냥 먹어. 어제 아빠한테 용돈 받았어."

"고마워. 이따 오 교시 사회 맞지? 숙제 있었나?"

소진이 아몬드 우유를 받으며 태연히 물었다.

"숙제 안 했어?"

"응."

예준은 소진에게 내신을 챙기려면 숙제 정도는 기본이라고 말하려다 말았다.

"태평하네. 지금이라도 가서 빨리 해."

"됐어. 넌 좋겠다. 목표가 확실해서."

소진은 빨대를 아몬드 우유에 신경질적으로 팍 꽂았다. 그 바람에 우유 방울이 예준의 교복 위로 튀었다. 예준은 손으로 대충 옷을 털고 초코 롤빵을 뜯었다. 크림은 진하고 빵은 부드러웠다. 하지만 예준의 성에 차지 않았다.

"재동고에 가려는 거지? 그래서 급식 공모전도 하는 거고."

소진이 물었다. 재동중에 다니는 학생들 중 열에 아홉은 재동고 입학을 준비했다. 다들 재동고가 성공의 첫걸음인 것처럼 안달이었다.

"응. 넌 아니야?"

"엄마도 엄청 잔소리해. 근데 난 재동고에 가기 싫어."

"왜?"

예준은 의아했다.

"공부가 적성에 맞는지 잘 모르겠어. 학교에서 급식 먹는 게 다들 유일한 낙이라는데 난 그것도 싫고. 식단표를 나눠 주면 뭐 해. 먹을 게 별로 없는데. 난 달걀 못 먹는데 청소년기에 꼭 필요한 식재료라며 어디에든 들어가잖아. 고등학교도 똑같겠지. 안 맞는 공부에, 안 맞는 급식 먹으면서 학교에 다닐 생각하니까 막막해."

"공부가 맞는 사람이 어디 있어? 우리는 학생이고, 해야 하니까 하는 거지."

"얘가 꼰대 같은 소릴 하네. 안 맞으면 다른 걸 찾으면 되잖아. 난 그렇게 살 거야. 안 맞는 걸 꼭 맞춰야 할까?"

소진의 질문이 새삼스러웠다. 예준은 공부가 맞다거나 맞지 않다거나 고민해 본 적이 없다. 공부는 원래 어렵고 힘들지만 해내야 한다고 생각했다. 그래야 좋은 고등학교에 갈 수 있다고 확신했다. 좋은 고등학교에 가면 좋은 대학교에 갈 수 있고, 좋은 대학교에 가면 좋은 회사에 취직할 수 있다. 예준에게 공부의 완성은 결국 이게 전부였다.

하지만 소진은 생각이 달랐다.

"죽어라 공부한다고 인생 좋아진다는 보장 있어? 외우고 시험 치고. 죄다 시키는 대로만 하잖아. 우리 학교가 특히 심해. 과제도 너무 많고."

재동중이 다른 학교에 비해 숙제가 많기는 했다. 동네

학원에는 재동중 수행 평가를 봐주는 전문반까지 개설됐다. 재동중 출신 학생들은 고등학교에 진학하면 다른 학생들에 비해 성적이 우수하다는 평을 받는다는 소문을 예준도 여러 번 들었다.

"그래서 숙제 안 한다고?"

"귀찮아. 그냥 좀 혼나지, 뭐."

소진이 아몬드 우유를 쪽쪽 들이마시며 하늘 멀리 바라봤다. 예준은 더 물어보려다 포기했다. 예준의 머릿속은 어느새 포니쿠키로 가득 차 있었다. 포니쿠키가 예준의 머리를 점점 포식해 갔다. 초코 롤빵을 먹을수록 더욱 간절히 생각났다.

시계를 보니 열두 시 반이 조금 넘었다. 이대로 오후 수업을 견디려니 예준은 아찔했다. 학교가 끝나면 슬후와의 회의도 기다리고 있었다. 예준은 주머니 속 동전 지갑을 만지작거렸다. 어제 아빠에게 받은 용돈이 그 안에 꼬깃꼬깃 들어 있었다. 포니쿠키를 사 먹어야겠다는 의지 하나로 머리가 빠릿빠릿하게 돌아갔다. 예준은 자리에서 벌떡 일어났다.

"왜 그래?"

"할 일이 떠올랐어. 나 먼저 갈게."

예준은 어리둥절한 표정의 소진을 두고 교무실로 달려 갔다. 외출증을 끊으면 삼십 분 동안 다녀올 수 있었다. 우등생 예준이 사회 숙제를 가져오지 않았다고 말하면 담임 선생님은 기꺼이 끊어 줄 터였다.

단숨에 교무실로 뛰어 올라간 예준은 삼 학년 선생님 들의 자리를 찾았다. 아직 점심시간이라 선생님들은 거 의 없었다. 담임 선생님의 자리도 비어 있었다. 이러다 점심시간이 끝날 것 같았다. 초조함이 밀려왔다.

교무실에서 나오는데 마침 교장실에서 나오는 슬후와 마주쳤다. 슬후가 예준을 보자 반갑게 다가왔다.

"여기 있었네? 안 그래도 할 말 있는데."

"이따 얘기해. 나 지금 바빠."

예준은 계단을 다급히 내려갔다. 후문으로 몰래 나가 는 방법에 골몰하느라 정신이 없었다. 살면서 교칙을 어 긴 적이 없었지만 지금 이 순간, 포니쿠키를 먹기 위해서 라면 뭐든 할 수 있을 것만 같았다.

학교 건물을 빠져나와 뒤편으로 갔다. 정문은 선생님 이 돌아가며 지키고 있지만 후문은 보통 아무도 없다. 대 신에 문이 잠겨 있었다. 선생님은 대체로 학생들이 학교 에서 나갈 때만 외출증을 확인하고 들어올 때는 그냥 들여보냈다. 그걸 아는 몇몇 학생들은 후문을 몰래 뛰어넘었다가 정문으로 유유히 들어오기도 했다. 학기 초에는 정문과 후문 모두 단속이 심했지만 시간이 지날수록 단속도 해이해졌다.

역시나 후문에는 아무도 없었다. 닭장 속의 닭들만 학교 뒤편에서 조용히 잠에 취해 있었다. 예준은 주변을 살피며 철제 울타리로 만들어진 후문으로 다가갔다. 누가 볼세라 재빨리 다리를 올려 후문 가운데 부분을 밟고 뛰어올랐다.

'윽!'

급히 넘어오느라 불안하게 착지했다. 오른쪽 무릎이 쓸린 예준은 비명을 삼키며 절뚝이다가 곧 다리에 힘을 주고 전력을 다해 달렸다. 지금 포니제과점으로 뛰어가서 쿠키만 사 오면 점심시간이 끝나기 전에 학교로 돌아올 수 있었다. 예준은 뒤돌아보지 않았다. 이제는 돌이킬 수 없었다.

학교 안은 북적거리고 시끄러운데 학교 밖은 평온했다. 따스한 햇살이 거리를 부드럽게 비추고 불어오는 바람에 나뭇잎이 살랑거렸다. 조급함을 이기지 못하고 질주하는 예준과는 상관없이, 잔잔한 계절이었다.

포니제과점에는 사장만이 계산대를 지키고 있었다. 예준은 들어가자마자 오리지널 포니쿠키 상자를 집어 계산했다. 사장이 뭐라고 말했는데 귀담아듣지 않고 바로 나왔다. 그리고 예준은 학교를 향해 있는 힘껏 달렸다. 좀 전에 먹은 밥과 미역국과 롤빵이 한데 섞이지 않고 들썩이면서 목울대를 치는 것만 같았다.

숨이 턱 끝까지 차올랐다. 예준은 잠시 멈춰 숨을 골랐다. 이마에 붙은 머리카락을 한쪽으로 쓸어내렸다. 막상 포니쿠키를 손에 넣자 한숨이 새어 나왔다. 갈수록 포니쿠키에 대한 의존도가 강해졌다. 포니쿠키를 먹지 못해서 불안한 건지, 불안해서 포니쿠키가 먹고 싶은 건지 예준도 헷갈릴 지경이었다. 이번 불안의 시작점은 소진이었다. 아까 급식 공모전에서 무슨 재료로 했냐고 묻지만 않았어도 쿠키를 먹으러 이렇게까지 하지는 않았을 것이다. 예준은 괜히 소진을 탓하며 스스로를 달랬다. 안 맞는 걸 꼭 맞춰야 하냐는 소진의 말도 예준의 불안한 마음을 파고들었다. 아등바등 살고 있는 예준의 지난날이 무시당하는 기분이었다.

예준은 정해진 틀에 몸을 끼워 넣으려 애썼다. 초등학교 때 남들 다 있는 스마트폰이 없어도 사 달란 말 한 번을 안 했고, 중학교에 와서는 명문고 진학을 위해 열심히 공부했다. 학교에서 생활하는 동안 성실해서 벌점 한 번 받은 적이 없었다. 하지만 아직 한참은 더 달려야 했다. 중간고사를 보면 기말고사가 기다리고 있었고, 기말고사가 끝나면 다음 학기를 대비하느라 머리가 핑핑 돌았다. 방학 때도 학원에서 종일 특강을 받는 아이들을 생각하면 마음 편히 쉬어지지 않았다. 예준은 학원 대신 도서관에서 밤낮으로 인터넷 강의를 들으며 공부에 매진했다. 재동고라는 거대한 관문에 들어가기 전까지는 포니쿠키를 연료처럼 주입하며 몸과 마음을 다 쏟아야 했다. 퇴로는 없었다. 오직 하나의 길만 예준 앞에 놓여 있었다.

시계를 보니 조금 있으면 학교에서 종이 울릴 시간이었다. 예준은 다시 뛰었다. 멀리 정문이 보였다. 그런데 정문 바깥으로 학생들이 줄지어 서 있었다. 정문 앞에 도착한 예준은 고개를 빼어 앞쪽을 살펴봤다. 선생님이 학생들의 이름표와 외출증을 하나하나 대조하면서 들여보냈다. 하필이면 오늘 유난스러운 선생님이 담당이었다.

"운도 더럽게 없네."

예준은 구시렁거리며 맨 뒷줄에 섰다. 급히 상자를 뜯어 포니쿠키 하나를 꺼내 먹었다. 달콤한 포니쿠키를 혀로 녹여 먹으면서 선생님 앞에 서면 어떻게 둘러댈지 고민했다. 외출증을 잃어버린 것 같다고 연기라도 해 볼까, 집에 다녀왔는데 깜빡 두고 온 것 같다고 말해 볼까. 이런저런 생각에 대답을 정하지도 못하는 사이 줄은 점점 짧아지고 마침내 예준의 차례가 다가왔다.

"외출증."

선생님이 손을 내밀었다.

"그게……."

"잃어버렸다거나 어디 두고 왔다는 말은 나한테 안 통해. 제대로 간수하지 못한 것도 태도 불량이야."

선생님의 말이 예준의 고막을 찔렀다. 예준은 정신이 아득해졌다.

무단 외출이라는 게 발각되면 벌점을 받는다. 후문을 넘었다는 게 알려지면 벌점은 두 배로 쌓인다. 아빠에게 소식이 넘어가면 담임 선생님과 상담해야 한다. 그 후에는 생활기록부에 적힐 수 있다. 어쩌면 공모전의 출전 자격을 박탈할지도 모른다. 재동고 진학에 지장이 생기는 건 아닐까. 예준은 손에 쥔 포니쿠키 봉지를 꽉 구긴 채 속으로 원망했다. 후회하기에는 너무 많이 왔다.

선생님 앞에서 아무 대답도 하지 못하고 갈팡질팡하던

그때, 교장 선생님이 걸어와 두 사람 앞에 천천히 섰다.

"무슨 일이죠?"

"교장 선생님! 이 학생이 외출증 없이 나갔다 온 것 같습니다. 외출증을 보여 주지 않습니다."

"나갈 때 이미 철저하게 확인하셨을 텐데 학교로 오는 애들까지 검사할 필요가 있을까요?"

"이 학생은 아까 정문으로 나가는 걸 못 봤습니다."

"확실한가요? 곧 수업 시작할 시간이니 이제 그만 들어가세요. 수고하셨습니다."

선생님은 약간 주저하는 듯하더니 교장 선생님에게 인사하고 자리를 떠났다.

교장 선생님이 예준을 내려다봤다. 짙은 립스틱에 두꺼운 화장이 무척 인상적이었다. 굽이 굵은 하이힐을 신지 않았더라면 예준보다도 키가 작을 것 같았다. 단정한 단발머리는 한 치의 흐트러짐도 없었다. 재동초, 재동중, 재동고를 통틀어 최초로 여자 교장 선생님이 된 이유가 외모에서부터 풍겨 나왔다. 보수적인 사립 재단에서 유리 천장을 뚫고 올랐다는 건 그만큼 대단한 사람이라는 뜻이었다.

"유예준이라면 삼 학년 이 반 유예준 학생이 맞나요?"

교장 선생님이 이름표를 슬쩍 보고는 말했다.

"맞지요? 상위 삼 프로 안에는 들던데. 일 학기 중간고사만 잘 봤다면 상위 일 프로도 유지했겠어요."

"네. 더 열심히 하겠습니다."

"그럼요. 유예준 학생이라면 잘할 수 있어요. 얼마든지요."

새빨간 입술 사이로 새하얀 이를 드러내며 교장 선생님은 상냥히 웃어 보였다. 하지만 그 미소가 마냥 부드러워 보이지는 않았다. 묘한 아우라가 뿜어져 나왔다.

오 교시를 시작하는 종이 울렸다. 예준은 오늘만큼 종소리가 반가웠던 적이 없었다.

"수업 시작이네. 얼른 가 봐요."

"감사합니다. 안녕히 계세요."

예준은 운동장을 가로질러 급하게 뛰어갔다. 교문에서 최대한 멀어지고 싶었다.

교장 선생님 덕분에 곤란을 겪지 않았지만 왠지 꺼림칙했다. 보통 선생님들은 공부를 잘하는지 못하는지 정도만 파악했다. 몇 퍼센트 안에 드는지까지는 담임 선생님만 알았다. 교장 선생님이 자신에 대해 빠삭하게 알고 있는 걸 좋다고 해야 할지, 섬뜩하다고 해야 할지 예준은 판단이 잘 서지 않았다. 머릿속이 복잡한 채로 교실에 들어서는데 슬후가 다가왔다.

"어디 있다 왔어? 계속 기다렸는데."

"왜? 무슨 일인데?"

예준이 숨을 고르며 시큰둥하게 물었다.

"내일 수업 끝나고 우리 집에서 한번 만들어 보자고."

"뭐? 너희 집?"

"응. 실제 요리된 사진을 찍어서 다음 주 발표 때 활용하면 어떨까 싶어서. 우리가 직접 만들었다고 하면 좋게 봐주실 거야. 혹시 오븐 있으면 너희 집에서 해도 되고."

예준은 슬후의 집에 가는 것도 싫었고, 그렇다고 슬후가 집에 오는 것도 달갑지 않았다.

"그렇게까지 해야 해? 싫은데?"

"왜? 철저히 준비해서 나쁠 건 없잖아. 교장 선생님도 오시는데."

"뭐?"

자신에 대해 모두 기억하는 교장 선생님을 만나지 않았더라면 예준은 재차 거절했을 것이다.

"발표 때 교장 오는 거 확실해?"

"전교 일등이 그런 식으로 말하냐. 교장이 아니라 교

장 선생님이지. 교장 선생님께 직접 들었으니까 맞아. 확실해."

예준은 곰곰이 생각했다. 슬후의 말을 뿌리쳤다가 떨어지기라도 하면 예준의 탓으로 돌아올 터였다. 후회할 일은 손톱만큼이라도 남기고 싶지 않았다. 또 어떤 일이 닥칠지 모르니 만반의 준비를 해 두는 편이 나았다.

"알았어."

뒤이어 '나중에 후회하고 싶지는 않으니까.'라고 뱉으려던 말을 삼키며 예준은 자리에 앉았다.

각자의 레시피

학교 안에 학생들이 있듯이 닭장 속에 닭들이 사는 건 당연하다. 그런데 지금 어제까지만 해도 있던 닭들이 닭장에 하나도 없었다. 짚은 납작하게 눌렸고 군데군데 바닥에는 닭똥들이 말라붙었다. 닭이 이곳에서 살았다는 걸 짐작할 수 있는 잔해만 남았다. 토요일 오전, 텅 빈 닭장을 지켜보는 게 그다지 유쾌한 일은 아니었다. 하지만 예준은 자리를 뜰 수 없었다. 여기서 슬후를 만나기로 했기 때문이다.

예준은 에코백 안을 다시 확인했다. 예준의 집 냉장고에서 꺼낸 십 구짜리 달걀과 집 앞 빵집에서 산 모닝빵, 혹시 몰라 챙겨 나온 포니쿠키 상자가 들어 있었다. 평소에는 포니쿠키만 두어 개 챙기는데 약속 시간에 늦을까 봐 급히 통째로 가져왔다.

철창 사이에 낀 깃털이 바람에 힘없이 흔들렸다. 예준은 철창을 손가락 끝으로 쓸었다. 손끝에 녹슨 철 가루가 묻어났다. 문득 닭들이 좁은 닭장 안에서 의미 없이 날갯짓하던 게 떠올랐다. 예준은 손을 대충 털었다. 모두 어디로 사라졌을까.

스마트폰 진동이 울렸다. 슬후에게서 온 문자였다.

어디야?

학교 뒤편. 얼른 와.

조금 있자 슬후가 나타났다. 한 손에 든 불룩한 비닐봉지가 꽤 묵직해 보였다.

"미안. 장 보느라 늦었어."

"괜찮아. 근데 넌 혹시 알고 있었어?"

예준이 닭장을 가리켰다.

"여기 있던 닭들? 원래 주기적으로 교체돼. 더 늙기 전에 바뀌니까 항상 닭장 안이 활기차지. 다음 주에는 다시 어린 닭들이 와 있을 거야."

"그럼 원래 있던 닭들은 어디로 가는데?"

예준은 슬후를 바라보며 물었다.

"거기까지는 나도 몰라."

슬후는 태연히 말했다. 교체된다는 말이 다소 잔인하게 들려 예준은 미간을 찌푸렸다. 닭장을 벗어난 닭들의 최후가 좋지 않을 것 같다는 예감이 들었다.

"얼른 우리 집에 가서 만들어 보자."

예준의 마음이 어떤지 안중에도 없다는 듯 슬후가 활기차게 말하며 앞장섰다. 예준은 닭장에서 눈을 떼고 걸음을 옮겼다.

두 사람은 학교에서 나와 작은 횡단보도를 건너면 바로 보이는 아파트 단지로 들어갔다. 빽빽한 단지 사이사이를 슬후는 요리조리 잘도 다녔다. 똑같이 생긴 건물이 여러 채 늘어서 있으니 그 길이 그 길 같았다. 드디어 슬후의 발걸음이 멈췄다. 예준은 슬후를 따라 아파트 일층에서 왼쪽 문으로 들어갔다.

슬후의 집은 여느 가정집과 다름없었다. 정돈된 가구 위로 적막이 내려앉으며 서늘한 공기마저 느껴졌다. 슬후가 조리대 위에 비닐봉지를 내려놓고 그 안에서 핫케이크 믹스와 우유를 차례로 꺼냈다. 예준은 식탁에 에코백을 조심스럽게 내려놓았다.

"손 좀 씻고 올게. 화장실이 어디야?"

"저기. 현관 옆에."

예준은 화장실로 가서 손에 붙은 철 가루를 깨끗이 씻어 냈다. 주방으로 돌아오니 그사이 슬후가 예준의 에코백에서 물건을 꺼내 놓았다. 십 구짜리 달걀 한 판과 아침에 산 모닝빵, 그리고 먹다 만 뜯어 놓은 포니쿠키 상자까지. 예준은 갑자기 얼굴이 확 달아올랐다. 한순간 속이 끓으면서 입에서 큰소리가 나왔다.

"너 뭔데 내 가방을 만져!"

"왜 화를 내? 그냥 너 편하라고 미리 재료들 다 꺼내 놓은 거잖아."

"내가 꺼내라고 했어? 네 것도 아닌데 왜 손을 대냐고!"

예준이 씩씩거리면서 슬후를 노려봤다. 당당함 따위 갖출 자격이 없는 비밀이 태연히 나와 있었다. 슬후 탓이다. 예준 것이라 떳떳하게 말할 수 없는 저것에 슬후가 아무렇지도 않게 손을 댔다. 예준은 걷잡을 수 없이 화가 치솟았다. 성큼성큼 다가가 에코백을 낚아채듯 가져와서는 포니쿠키 상자를 집어넣었다. 있는 대로 욕을 퍼붓고 싶었지만 겨우 참았다.

슬후가 우유를 뜯다 말고 예준이 하는 행동을 바라봤다. 슬후의 멍한 표정을 보고 예준은 아차 싶었다. 그제야 자신이 실수했다는 사실을 깨달았다. 그렇게까지 화낼 일은 아니었다. 예준에게는 포니쿠키의 의미가 남다르지만 슬후에게는 그저 쿠키 상자에 불과했다. 슬후의 말대로 다 식재료 같았을 텐데 오히려 예준을 이상하게 여길 것 같았다. 상황을 수습해야 했다.

"암튼 남의 가방에 손대는 건 안 되는 거잖아."

스스로 생각하기에도 궁색한 변명이었다. 같이 급식 공모전에 나가자고 승낙해 놓고는 혼자 폭발하는 꼴이라니. 예준은 자신이 부끄러웠다. 슬후의 표정은 딱딱한 초콜릿처럼 굳어 있었다. 그러고는 아무 말 없이 핫케이크 믹스 봉지를 가위로 자르고 오목한 볼에 부었다. 예준은 슬후의 눈치를 살피다가 모닝빵 속을 뜯어냈다. 침묵 속에서 각자 달걀빵 만들기가 시작됐다.

예준은 막막했다. 모닝빵 속에 달걀을 넣어야 달걀빵이 되는데, 빵을 얼마나 뜯어내야 할지 감이 오지 않았다. 어떤 건 절반 정도만, 어떤 건 밑바닥에 구멍을 낼 정도로 뜯어냈다. 파낸 속이 들쭉날쭉한 모닝빵들 속에 날 달걀을 깨뜨려 넣었더니 넘치거나 밑으로 샜다.

예준이 모닝빵으로 어설프게 만드는 동안 슬후는 핫케이크 가루에 우유를 넣고 능숙하게 푼 다음, 종이컵에다 반죽 물을 절반쯤 깔끔하게 넣었다. 그 위에 날달걀을 깨서 넣고 파슬리 가루까지 톡톡 뿌렸다. 슬후는 예준이 만든 달걀빵과 자신이 만든 달걀빵을 모두 트레이 위로 올렸다. 오븐에 넣고 버튼을 누르자 곧 윙 소리가 났다.

예준은 조용히 식탁 의자에 앉았다. 슬후도 맞은편에 앉아 스마트폰을 꺼냈다. 둘 사이에 계속해서 어색한 정적이 흘렀다. 둘은 한 팀이고, 우승까지 가는 게 목표다. 하지만 이대로라면 힘들다. 상황을 자초한 사람이 책임을 져야 한다. 예준은 그게 자기 자신임을 잘 알고 있었다.

예준이 포니쿠키를 꺼내 슬후에게 넌지시 건넸다.

"하나 먹을래?"

누군가에게 포니쿠키를 주기는 처음이었다. 포니쿠키를 훔치기 시작한 다음부터는 아무에게도 포니쿠키 먹는 모습을 보이지 않았다. 왠지 은밀한 사정을 슬후에게 보이는 기분이 들었다. 슬후가 포니쿠키를 받았다.

"고마워. 나도 여기 포니쿠키 좋아해. 오리지널이 제

일 맛있더라. 우리 엄마가 그러는데 여기 사장님 엄청 좋으신 분이래. 인품이 훌륭하시다고."

"그래? 몰랐네."

분위기를 풀려는 듯 슬후가 일부러 말을 길게 늘어놓았다. 예준은 양심이 쑤셔서 포니제과점 사장에 대해 같이 이야기를 나눌 자신이 없었다.

"달걀빵 잘 만들더라. 난 거의 망쳤는데."

예준은 서둘러 다른 화제로 돌렸다.

"이거? 만들기 쉬워. 배고플 때 간단히 만들어 먹을 만한 레시피를 찾다 보니 이것저것 하게 됐어. 부모님은 맨날 집에 늦게 들어오시거든."

"오늘도 늦으셔?"

"아마 밤 열 시는 넘어서 오실걸."

"다른 가족은?"

"누나 있는데, 고등학교 가더니 주말에도 학원에서 살아. 우리 집은 각자 자기 할 일은 알아서 해야 해. 다들 바쁘니까."

슬후가 쓴웃음을 지었다. 예준은 슬후의 사정이 남 같지 않았다. 자신도 무엇이든 혼자 해 왔다. 하나뿐인 가족인 아빠가 올 때까지 빈집에서 공부하고 밥 먹는 게 일상이었다. 완벽해 보이는 슬후와 비슷한 점이 있을 줄은 몰랐다.

스마트폰 진동이 연달아 짧게 울렸다. 슬후는 스마트폰을 확인하고는 도로 내려놓았다. 조금 있자 긴 진동이 울렸다. 슬후가 한숨을 쉬더니 전화를 받았다. 누가 걸었는지 예준도 단번에 알아챘다. 수화기 너머로 목소리가 크게 들려왔다.

"오빠! 왜 답장 안 해?"

"숙제하고 있었어. 왜?"

"영화 보러 가자고. 우리 데이트한 지도 오래됐잖아. 이번 주 토요일 어때?"

"다음에. 요즘 공모전 준비하느라 바빠."

"그놈의 공모전. 어휴, 왜 그렇게 열심히 해? 오빠는 어차피 재동고 프리패스잖아. 교장 선생님이……."

"희서야, 이따 할게. 끊어."

슬후가 다급히 전화를 끊고는 일어나서 오븐 안을 들여다보았다. 시간이 삼 분 정도 남았는데 전원을 껐다.

"대충 된 것 같으니까 꺼내 볼게."

슬후가 식기 건조대에 걸려 있는 두툼한 장갑을 가져와 양손에 잘 끼고는 오븐을 열었다. 트레이 위에 소담히 담긴 달걀빵들이 먹음직스럽게 부풀어 올라 있었다. 뜨끈한 김이 피어오르는 달걀빵들을 슬후가 집게를 이용해 다른 접시에 하나씩 옮겼다. 잘 구워진 달걀빵에서 따뜻하면서도 맛있는 냄새가 폴폴 풍겨 나왔다. 예준은 희서가 말한 프리패스가 뭔지 궁금했다. 하지만 달걀빵을 보자 궁금증이 사라지면서 순간 식욕이 돌았다. 둘은 모닝빵으로 만든 것과 핫케이크로 만든 것을 차례로 먹었다.

"편하기는 모닝빵 쪽일 것 같은데 핫케이크로 만든 달걀빵이 더 달달하네."

슬후가 예준의 반응을 살피며 말했다.

"그러게. 달걀빵은 만드는 방법이 여러 개니까 추려서 소개해 보자."

"좋아. 이제 사진을 찍어 두자. 내 말대로 하길 잘했지?"

슬후는 능청스러운 웃음을 지어 보였다. 보는 사람으로 하여금 마음 놓게 하는 미소라 예준도 덩달아 웃었다.

*

급식실 앞 복도는 공모전에 참가한 팀들로 북적였다.

발표는 질의응답까지 한 팀당 십 분 내외로 끝난다는 공지가 있었지만, 대기 시간은 점점 늘어났다. 다들 도서실이나 교실에서 기다리다 순서에 맞춰 하나둘 복도 앞으로 왔다.

슬후와 예준은 이십 분째 급식실 앞에 앉아 있었다. 슬후는 선생님들께 나눠 줄 자료를 들고 있었고, 예준은 따로 만든 대본을 작게 소리 내어 읽었다. 그 둘 사이에는 희서가 커다란 헤어롤을 앞머리에 달고서 슬후 곁에 바싹 붙어 있었다. 슬후가 괜찮다고 했지만 희서는 곧 죽어도 같이 응원하겠다며 버텼다.

"오빠! 발표는 언제 끝나?"

"글쎄. 잘 모르겠다."

"오빠는 당연히 잘할 거야. 우리 끝나고 맛있는 거 먹으러 가자."

희서가 슬후에게 다정히 말하면서 예준을 슬쩍 흘겨봤다. 싹수가 없어도 남자친구에게만은 상냥할 수 있다는 걸 예준은 새삼 느끼며 대본을 검토했다. 수없이 들여다봐서 종이 끝이 너덜너덜해졌다. 그날 슬후와 발표 순서까지 짜고 나서 집으로 돌아온 예준은 곧장 대본 작성에 돌입했다. 그 후 학교가 끝나면 틈틈이 대본을 다듬었다.

가끔 지쳤지만 교장 선생님을 떠올리면 정신이 번쩍 들었다. 슬후에게 연락해 수정할 내용을 몇 번이고 주고받았다. 갈수록 흡족한 결과물이 나왔다. 어느 정도 완성한 다음부터는 주야장천 연습했다. 발표 준비로 주말이 쏜살같이 지나갔다. 이제 대본이라면 눈감고도 좔좔 외울 수 있었다.

스마트폰 진동이 울렸다.

"엄마!"

아이 같은 천진한 목소리가 슬후의 입에서 나왔다. 예준과 희서가 동시에 슬후를 쳐다봤다. 그간 슬후에게서 들어본 적 없는 목소리였다. 슬후는 급식실 앞에서 멀어지며 반갑게 통화를 이어 갔다. 얼마 후 바로 앞 팀이 나왔는데도 슬후는 전화를 끊지 않았다.

"이제 들어가야 해!"

보다 못한 예준이 슬후에게 외쳤다. 슬후가 예준을 향해 고개를 끄덕였다.

"엄마, 저 이제 발표해요. 응. 토요일 집에 왔던 친구랑요. 당연히 잘하죠. 또 전화할게요."

예준은 책가방을 한쪽에 메고는 먼저 급식실 안으로 들어갔다. 슬후가 마지못해 전화를 끊으며 따라왔다. 뒤에서 희서가 "오빠, 파이팅!" 하며 외쳤다.

급식실 안은 모든 자리가 재배치되어 있었다. 대여섯 명의 급식 도우미 선생님들이 앞을 향해 바라보고 있었고, 맨 뒤에는 교장 선생님이 근엄한 자세로 앉아 있었다. 급식을 먹으러 오는 아이들로 항상 활기찼던 급식실에 엄숙한 공기가 내려앉았다. 예준은 잔뜩 긴장하며 슬후에게 귓속말을 했다.

"이분은 누구야?"

"누구?"

"맨 앞자리에 계신 분."

"영양사 선생님이잖아."

예준은 처음 보는 선생님이었다.

"어떻게 알았어?"

"학기 초에 기억 안 나? 전교생 조회 때 새로 오신 선생님들 인사할 때."

아무리 떠올려도 예준은 생각나지 않았다. 그사이 슬후는 설치된 노트북에 유에스비를 연결했다. 예준은 책가방에 대본을 집어넣었다. 슬후가 피피티 첫 장을 켜자 닭과 달걀 사진이 크게 떴다.

"악!"

영양사 선생님이 외마디 비명을 질렀다. 슬후와 예준은 깜짝 놀랐다.

"미안해요. 내가 조류를 좀 싫어해서. 흠흠."

잔기침을 하며 영양사 선생님은 고개를 옆으로 돌렸다. 싫다기보다는 무서워한다는 표현이 더 맞을 것 같았다.

팽팽한 긴장감이 예준의 마음에 쌓였다. 학생들 앞에서는 여러 번 발표해 봤지만 선생님들 앞에서 하려니 거대한 산 앞에 놓인 심정이었다. 어느 때보다 부담스러웠다. 하지만 예준에게는 넘어야 할 산이다. 예준은 지금 그 산을 반드시 넘어야 했다.

예준이 드디어 입을 뗐다.

"바······."

갑자기 목이 죄어 왔다. '발표'라는 단어가 나오지 않았다. 입술이 마비된 것처럼 붙어서 떨어지지 않았다.

"바, 발······."

선생님들이 하나둘 예준을 쳐다봤다. 예준은 어찌해야 할 바를 몰랐다. 심상치 않다고 느낀 슬후가 천연덕스럽게 말을 꺼냈다.

"죄송합니다. 친구가 너무 긴장했나 봐요. 오늘을 위해 엄청 연습했거든요. 그치?"

"네. 화장실 좀. 바, 발표는……."

"제가 먼저 시작하겠습니다."

재치 있게 대처하는 슬후를 뒤로하고 예준은 곧장 문 밖으로 뛰쳐나갔다. 선생님들은 크게 이상하다고 생각하지 않는 듯했다. 바로 옆 화장실로 달려간 예준은 주머니에 넣어 두었던 포니쿠키 하나를 꺼내 황급히 입에 넣었다. 어금니 사이로 포니쿠키가 으깨지며 뭉그러졌다. 다섯 번을 채 씹기도 전에 목구멍으로 모두 넘어갔다. 그제야 예준은 꽉 막혔던 목청이 포니쿠키와 함께 내려가며 확 트이는 기분이 들었다.

예준은 다시 급식실로 돌아왔다. 슬후가 피피티 배경 앞에 서 있었다. 예준이 다가오자 슬후가 작게 속삭였다.

"출력물 모두 나눠 드렸어. 이제 네가 준비한 대본대로 하면 돼."

"고마워."

슬후는 노트북이 있는 책상으로 가서 앉았다. 예준은 선생님들을 향해 섰다. 여전히 긴장됐지만 아까보다는 훨씬 나았다.

"기다려 주셔서 감사합니다. 모두 아침 식사는 하셨나요?"

선생님들은 대답 대신 고개를 끄덕이거나 저었다.

"아침 식사가 건강에 좋다는 건 모두 알고 있습니다. 하지만 급히 나오느라 굶는 게 다반사지요. 청소년기에는 아침 식사가 두뇌 발달에 긍정적인 영향을 준다고 합니다. 그래서 저희가 준비한 아이디어는 바로 식사 대체용 달걀빵입니다. 달걀은……"

예준은 연습하던 대로 발표를 이끌어 갔다. 발표를 들으며 선생님들은 이따금 슬후가 나눠 준 출력물에 펜을 끼적였다. 눈길이 자꾸 선생님들의 종이로 가는 걸 예준은 애써 외면했다. 눈앞에서 가부가 결정되는 것만 같아 조금 목이 탔다. 맨 뒤에 앉은 교장 선생님은 팔짱을 낀 채 유유히 듣기만 했다. 교장 선생님의 날카로운 시선 때문에 예준은 가끔 머리가 하얘졌다. 그래도 준비한 내용을 무사히 발표했다. 인정하고 싶지 않지만, 포니쿠키 덕분이었다.

"이상으로 저희의 발표를 마치겠습니다. 감사합니다."

예준의 말을 끝으로 선생님들이 짧게 박수를 쳤다. 슬후가 일어나 예준의 옆으로 가서 섰다. 지금부터가 진짜였다. 이제 질의가 이어질 차례였다. 앞에 앉은 급식 도우미 선생님이 손을 살짝 들었다.

"발표가 인상적이네요. 잘 들었어요. 달걀로 정한 이유가 있을까요?"

"선정해 주신 재료들 모두 좋았지만 그중에서 달걀은 완전식품으로 불릴 만큼 영양이 풍부합니다. 공부하는 청소년들에게 가장 적합한 재료라고 판단했습니다."

예준은 대답하면서 슬후의 말을 떠올렸다. 무인도에 남았을 때 하나만 먹을 수 있다면 당연히 달걀이 아니냐던 말이었다. 달걀은 파나 콩처럼 다른 레시피가 필요 없다. 삶거나 프라이팬에 부쳐서 단독으로 먹을 수 있다. 물론 콩이나 고구마도 쪄서 먹을 수 있지만 완전식품으로 보기는 어렵다. 이런 점에서 달걀은 예준과 슬후에게 어울리는 식재료였다. 어떤 도움 없이 혼자서도 잘 해내는 성질이 닮았다.

"달걀빵 만드는 방법을 여러 가지로 소개했는데, 대량으로 만들려면 어떤 게 가장 효율적일까요?"

필기를 마친 영양사 선생님이 손을 들었다. 예준은 준비한 대답을 자신 있게 말하기 시작했다.

"저희가 핫케이크로도 만들어 보고 모닝빵으로도 만들어 봤는데요, 큰 차이가 없었습니다. 소개했던 레시피들은 모두 직접 해 본 것들입니다. 급식실의 상황에 따라

기본 식재료를 바꿔도 괜찮을 것 같습니다."

"직접 만들어 봤다고요? 열정이 넘치네요. 그런 팀은 못 본 것 같은데."

선생님들이 소곤소곤 이야기를 나누기 시작했다. 발표의 흐름이 유리하게 흘러가는 듯했다. 대답을 잘 넘긴 것 같아 예준은 한결 마음이 놓였다.

"좋은 아이디어네요. 그런데 어린이와 청소년에게 유발할 수 있는 식품 알레르기 중 오십 프로 이상이 달걀이라는 건 알고 있나요? 달걀 알레르기가 있는 학생들은 어떻게 해야 할까요?"

줄곧 잠잠하던 교장 선생님이 질문을 쏟아 냈다.

예준은 바삐 머리를 굴렸다. 만약 소진이 매일 아침 학교에서 달걀빵을 받는다면 어떨까. 아마 급식 공모전을 욕하고 학교를 더 싫어하지 않을까. 소진이 특이한 경우라고 생각했을 뿐 우승할 방법을 궁리하느라 깊이 고민하지 않았다. 달걀 알레르기가 있는 학생이 교내에 많이 있을지도 모른다고는 생각하지 못한 것이다. 예준의 머릿속은 어떻게 하면 이길 수 있을지만 가득해 있었다.

"그건……."

"그건?"

교장 선생님이 말꼬리를 물었다. 다른 선생님들도 예준의 대답을 기다렸다. 정작 예준은 뭐라고 답해야 할지 도무지 떠오르지 않았다. 이대로 발표 시간이 종료될 것 같았다. 예준이 머뭇대는 사이 슬후가 나섰다.

"말씀하신 대로 알레르기를 일으키는 식품으로 달걀이 있습니다. 유제품이나 밀가루, 어패류 같은 것도 흔히 있고요. 보통 영유아 때 나타났다가 자라면서 차츰 없어집니다. 그리고 저희는 달걀이 무조건 좋다는 게 아니라 균형 잡힌 영양 섭취가 중요하다는 사실을 알리고 싶은 겁니다. 달걀은 그중에서도 가장 균형이 잡힌 식재료고요. 만약 저희가 우승한다면 달걀 알레르기가 있는 학생들을 사전 조사해서 달걀빵에서 달걀을 대체할 만한 식재료를 찾아보겠습니다."

예준을 바라보던 눈동자가 일제히 슬후를 향했다. 선생님들은 흡족한 표정을 짓기도 하고 고개를 끄덕이면서 뭔가를 메모하기도 했다. 딱딱했던 분위기는 한결 누그러졌다.

교장 선생님이 빙긋 웃으며 마무리를 지었다.

"이쯤에서 마치기로 하죠. 급식은 학생들의 뼈와 살을 만드는 토대가 됩니다. 여러분은 바로 그 학생들의 건강

112

과 미래를 책임질 급식 공모전에 뛰어든 것이지요. 이번 취지에 끝까지 집중해 주세요."

"감사합니다."

교장 선생님의 말씀이 끝나자 예준과 슬후는 고개를 숙였다. 자료를 정리한 다음 밖으로 나오니 공기가 시원하고 가벼웠다. 복도에서 스마트폰을 보던 희서가 슬후를 발견하고 곧장 일어났다.

"오빠! 어땠어?"

"응. 잘 끝났어."

"당연하지. 내가 말했잖아. 오빠는 잘할 거라고. 이제 얼른 가자."

희서가 슬후에게 팔짱을 꼈다.

"잠깐만."

슬후가 뒤돌아 예준을 바라봤다.

"고생했어. 우리 발표, 꽤 괜찮았지?"

"응, 덕분에 무난하게 넘긴 것 같아."

"그래. 결과는 좋을 거야."

슬후의 말이 끝나기가 무섭게 희서가 슬후를 끌고 나갔다.

예준은 아직 발표가 남은 학생들 사이를 천천히 지나

첬다. 여기 예준이 있을 곳은 없었다. 긴장감이 풀리며 몸이 나른해졌다. 예준은 앉아서 쉬고 싶었다. 그런데 얼마 못 가 그다지 유쾌하지 못한 목소리가 예준의 발목을 잡았다.

"발표 잘했냐?"

찬호였다. 찬호는 복도 끝머리에 기댄 채 서 있었다. 예준이 마지못해 대답했다.

"할 만했어."

"다들 굳어서 나오던데 좀 했나 보네. 이러다 진짜 최종에서 붙는 거 아냐?"

눈치 없이 이죽대는 찬호를 근처에 있던 아이들이 아니꼽게 쳐다봤다. 예준은 빠르게 복도를 빠져나왔다.

깨진 스마트폰

예준은 쥐 죽은 듯 지냈다. 아빠가 물어 와도 슬며시 자리를 피했다. 결과가 나오기 전까지는 조심해야겠다고 다짐했다.

들리는 말에 의하면 선생님들의 질의에 제대로 답하지 못한 팀들이 부지기수였다. 중간에 발표를 포기한 팀도 있었고, 눈물로 마무리한 팀도 있었다. 어떤 여자애가 발표 도중 뛰쳐나왔다가 들어갔다는 이야기도 돌았다. 예준은 소문의 주인공이 '어떤 여자애'로 퍼져 다행이라 여겼다.

다른 팀이 잘했는지 못했는지는 예준의 관심사가 아니었다. 예준은 그날의 자기 자신이 마음에 들지 않았다.

포니쿠키가 아니었으면 발표 자체를 못할 뻔했다. 곰곰이 따져 보면 그동안 공모전을 준비하면서도 찜찜했다. 예준이 결과물을 낸 게 딱히 없었다. 애초에 급식 공모전을 제안한 것도, 재료를 달걀로 정한 것도, 발표에서 결정적인 역할을 한 것도 모두 슬후였다. 슬후에게 얹혀 가는 것 같다는 생각이 강하게 들었다.

예준은 스스로에게 물었다.

'나는 급식 공모전을 가볍게 생각하고 있을까?'

아니다. 예준은 사력을 다하고 있다. 시험을 준비하는 마음으로 긴장하고 집중한다.

'내가 만든 결과물은 뭘까?'

쉬이 답을 내지 못하겠다. 예준은 허탈했다. 그간 쏟아부었던 노력이 공중으로 흩어지는 것만 같았다.

발표일로부터 이틀이 지났다. 학교 끝나고 가는 길에 소진에게서 문자가 왔다.

축하해.

예준은 걸음을 멈추고 문자를 다시 읽었다. 축하한다는 말이 와 닿지 않았다. 소진은 냉랭해 보였다. 예준이 침착하게 문자를 보냈다.

뭘 축하해?

이차 통과한 거. 홈페이지에 떴어.
근데 달걀로 했더라.

"근데 달걀로 했더라."

예준은 마지막 문장을 소리 내 읽었다. 올 것이 왔다는
생각이 들었다. 스마트폰으로 학교 홈페이지에 접속했다.
공지 사항에 새로운 게시물이 올라와 있었다.

'발표하는 팀이 엄청 많았는데 벌써 걸러졌다고?'

예준은 게시물을 눌렀다. 삼차에 최종으로 선발된 팀
은 달걀에서 한 팀과 콩에서 한 팀이었다. 달걀 대표에는
슬후와 예준의 이름이, 콩 대표에는 최찬호 팀이 적혀 있
었다. 찬호가 농담처럼 깐족거렸던 말이 현실로 다가와
예준은 적잖이 놀랐다. 소진에게서 다시 문자가 왔다.

나한테 왜 말 안 했어?

소진의 목소리가 들리는 듯했다. 단호하게 딱딱 끊어

지는 말투가 생생히 전해져 왔다. 언젠가는 들킬 줄 알고 있었다. 그날이 빨리 왔을 뿐이다. 예준의 심장이 제멋대로 쿵쿵 뛰었다. 어쩔 수 없었다고 합리화했지만 사실은 너무 초조했다.

안 좋아할 것 같아서.

예준이 문자를 꾹꾹 눌렀다. 답장이 곧바로 왔다.

나도 눈치는 있어.
그래도 언젠간 말해 줄 줄 알았지.
그런데 어떻게 얘기도 안 해?
사람 무시하니까 좋아?

오해야.
무시한 적 없어.

예준은 입 안이 바싹 타들어 갔다. 분위기가 점점 험악해졌다. 이제 뭐라고 답장이 올까. 그럼 자신은 뭐라고 말해야 할까. 당당하게 대답할 자신은 없었다. 그날처럼 압박감이 목을 죄어 왔다. 답답함에서 벗어나고 싶었다.

소진의 답장을 기다리다 예준은 스마트폰을 손에 쥔 채 하염없이 달렸다. 발걸음은 집이 아니라 포니제과점을 향하고 있었다. 포니제과점에 도착할 때까지 소진에게서 답장이 더 오지는 않았다.

오늘따라 포니제과점은 활기가 돌았다. 손님들이 두셋씩 짝을 지어 쿠키를 구경하거나 계산을 했다. 계산대에는 아르바이트생과 사장도 있었다. 사장이 앞치마를 벗으며 아르바이트생에게 무슨 말을 하자 아르바이트생이 깔깔거렸다.

예준은 가게 안으로 문을 열고 들어와 내부 풍경을 바라봤다. 아무도 예준에게 관심이 없었다. 예준이 있는 자리는 시시티브이가 비추지 않는 곳이었다. 멍하니 사람들을 보고 있자니 깊은 허기가 배 속을 휘감았다. 예준은 출입문에서 가장 가까운 포니쿠키 상자를 재빨리 집어 소리 없이 밖으로 나갔다. 그리고 책가방에 서둘러 넣고 달리려다 그만 다른 손에 쥐고 있던 스마트폰을 떨어뜨리고 말았다. 스마트폰 화면에 대각선으로 긴 금이 생겼다.

"에잇!"

예준은 씩씩거리며 땅바닥을 걷어찼다. 맘 같아선 스마트폰을 주울 게 아니라 멀리 던지고 싶었다. 깨진 스마트폰과 메고 있는 책가방, 그리고 방금 훔쳐 나온 포니쿠키와 자기 자신까지. 모두.

"거기, 유리닭이 아냐?"

순간 예준은 그 자리에 얼어붙었다. 분명 포니제과점 사장의 목소리였다. 어디서부터 예준을 지켜봤을까. 예준은 기억을 더듬었다. 바닥을 발로 찰 때였을까, 스마트폰을 떨어뜨렸을 때였을까. 혹시 포니쿠키 상자를 들고 나왔을 때였을까. 그것도 아니면, 애초 포니제과점에 들어갔을 때부터였을까.

예준은 대답 대신 그대로 걸었다. 마치 사장의 말을 듣지 못한 것처럼, 거리를 오가는 여느 사람들처럼 빠르게 앞을 향해 걸었다.

옆머리 사이사이로 땀방울이 올라왔다. 곧장 직진하니 큰 사거리가 나왔다. 여기서 횡단보도만 건너면 집으로 갈 수 있었다. 그런데 하필 신호등은 빨간불이었다. 도로 위 차들이 횡단보도를 신나게 가로질렀다. 뒤에서 묵직한 발소리가 저벅저벅 규칙적으로 들려왔다. 파란불이 켜질 때까지 기다린다면 발소리의 주인공에게 조만간 어깨를 붙잡힐 것만 같았다.

예준은 왼쪽으로 몸을 틀었다. 그 길 따라 쭉 걸어가면 아빠가 운영하는 국밥집이 나왔다. 저벅저벅 발소리는 여전히 예준을 따라붙었다. 예준은 뒤를 확인해 보고 싶었지만 돌아볼 수 없었다. 발소리는 완전히 가까워지지도, 그렇다고 그다지 멀어지지도 않았다. 그게 예준을 더 미치게 했다.

어느새 아빠의 국밥집이 보였다. 예준은 건물 안으로 들어서자마자 뛰었다. 손님들이 드나드는 문은 간판이 달린 바깥쪽 대로에 있지만, 상가 복도로 들어가면 주방으로 연결되는 작은 문이 있었다. 여기는 아빠와 나밖에 모르는 출입구였다.

예준은 문을 활짝 열었다. 설거지를 하던 아빠와 눈이 딱 마주쳤다.

"어휴, 깜짝이야! 갑자기 무슨 일이야?"

"일은 무슨."

예준은 닫힌 문에 기대어 이마에 흐르는 땀을 닦았다. 책가방을 아무 데나 벗어 던져 놓고 숨을 길게 내쉬었다. 아빠는 의아한 표정으로 예준을 바라보다가 가스 점화기로 커다란 냄비에 불을 붙였다.

"뭐가 급하다고 그래. 온 김에 밥이나 먹고 가. 국밥 데워 줄 테니까 홀에 가서 앉아 있어."

"안 먹어도 돼."

국밥집의 바깥벽은 통유리창이었다. 밖에서 내부를 들여다보면 누구나 그 안에 예준이 있다는 사실을 알 수 있었다. 절대로 눈에 띄어서는 안 됐다.

"집에 가면 또 먹는 둥 마는 둥 할 거잖아. 요즘 너무 안 먹는 거 알지? 여기서라도 제대로 먹고 가."

"밖에 손님들 있잖아. 혼자 먹는 게 편해."

"브레이크 타임이야. 블라인드도 다 내렸어."

예준은 고개를 내밀어 홀을 바라봤다. 모든 창에 블라인드가 쳐져 있었다. 그 덕에 낮인데도 내부가 어둑어둑했다. 그제야 예준은 마음이 놓였다. 척척한 어둠에 자신을 안전하게 가릴 수 있을 것 같았다.

예준은 무거운 책가방을 챙겨 들고 주방에서 가장 가까운 자리로 가서 앉았다. 칙칙한 회색 벽에는 이전 가게 때부터 있던 낙서들이 가득했다. '사장님, 꼭 다시 올게요. 죄송해요!' 같은 사연 많아 보이는 문구부터 '우리 우정 영원하자', '재동고 합격!' 등 염원이 담긴 글과 괴상한 그림체들까지 가지각색이었다.

예준은 새 포니쿠키를 꺼내 뜯어 먹으면서 스마트폰을 켰다. 금이 갔지만 정상적으로 작동됐다. 벌써 소문이 퍼졌는지 반 채팅방에 축하한다는 문자가 속속 올라와 있었다. 슬후가 웃는 이모티콘과 함께 모두에게 고맙다고 답장해 놓았다. 예준도 문자를 남기려다가 말았다.

곧 아빠가 팔팔 끓인 소고기국밥을 내왔다. 얼큰한 소고깃국에 고슬고슬한 밥이 잘 말아져 있었다. 반찬으로 나온 달걀프라이에는 토마토케첩이 지그재그로 뿌려져 있었다.

"또 산 거야? 저번에 산 건 벌써 다 먹었어?"

아빠가 무심코 묻는 말에 예준은 황급히 포니쿠키 상자를 책가방에 도로 집어넣었다. 지난번 용돈으로 구매한 포니쿠키가 이제 두어 개 남아 있다는 걸 그제야 떠올렸다. 평상시에는 책상 서랍에 꽁꽁 숨겨 두는데 돈 주고 당당하게 산지라 책상 위에 버젓이 올려두고 맘을 놓았다. 예준은 입술이 사르르 떨렸다. 소진과의 불편한 감정을 포니쿠키로 덮으려 했던 나약함이, 당장 필요하다고 훔칠 생각부터 했던 뻔뻔함이 절로 혐오스레 느껴졌다.

소용돌이 같은 감정을 아빠에게 들킬까 봐 예준은 아랫입술을 지그시 깨물었다.

"웬 달걀프라이야?"

예준은 아무렇지 않게 화제를 바꿨다.

"요새 달걀은 먹길래. 왜, 맘에 안 들어?"

"아니. 메뉴에도 없는 걸 해 줘서."

아빠는 건너편 의자에 앉아 텔레비전을 틀었다. 텔레비전에서 나오는 빛과 소리가 눅눅한 어둠을 사방으로 몰아냈다. 예준은 뜨거운 국물을 후 불어 한입 떠먹었다. 남모르게 두근대던 심장이 소고기국밥 한술에 조금씩 진정되어 갔다.

"학교에서 무슨 일 있었던 건 아니고?"

아빠가 뜸 들이며 물었다.

"응. 없어."

"갑자기 아빠 가게로 뛰어와서 놀랐잖아. 없으면 됐어. 공모전 준비는 잘돼? 저번에 목까지 쉬었던데."

"발표라면 잘 넘어갔어."

"그래. 우리 딸만 잘되면 되지."

"무슨 말이 그래. 아빠도 잘돼야지."

예준은 국밥을 우물거리다가 인상 쓰며 아빠를 쳐다봤다. 아빠가 고개를 살짝 돌렸다.

"요즘 장사가 잘 안 되네. 식자재 비용이라도 좀 줄여야 하는데."

"다시 잘되겠지. 예전에도 그랬잖아."

"지금처럼 학교에서 공부 열심히 하고 선생님 말씀 잘 들으면 재동고도 수월하게 입학할 수 있을 거야. 공모전도 합격 기준 같은 게 있을 거 아냐. 그거 그대로 따라가. 그럼 다 돼."

아빠는 예준에게 힘 빠지는 말을 있는 대로 늘어놓고는 주방으로 들어갔다. 예준은 아무 말 없이 밥을 먹었다. 아빠의 소고기국밥은 항상 일품인데 오늘따라 목구멍으로 잘 넘어가지 않았다.

시키는 대로, 정해진 대로 하면 정말 다 되는 걸까. 시키는 대로 잘해 보려다 포니쿠키를 훔쳤고 하나뿐인 친구 소진과도 틀어졌다. 예준은 슬후 옆에 붙어 다니는 희서를 떠올렸다. 재동고에 입학하면 예준은 자신에게 무엇이 남을지 생각해 봤다. 훔쳐서야 얻을 수 있는 포니쿠키 정도일까.

소고기국밥을 반 정도 먹고 나서 예준은 숟가락을 내려놓았다. 더 이상 들어가지 않았다. 좋아하던 급식도, 아빠의 일품 국밥도 이제는 다 먹지 못하고 남겼다. 예준은 자리에서 일어나 블라인드 쪽으로 갔다. 블라인드 사이를 벌려 바깥을 빼꼼 살펴봤다. 거리는 휑했다. 을씨년스러운 바람에 낙엽만 굴러다녔다. 포니제과점 사장은 다행히 눈에 띄지 않았다. 그제야 예준은 집에 갈 용기가 생겼다. 의자에 팽개쳐 둔 책가방을 어깨에 멨다.

"나 간다."

예준의 말에 아빠가 나왔다. 그릇을 보고 아빠가 잔소리했다.

"밥을 먹긴 한 거야? 잘 먹고 다녀야지. 달걀프라이도 그냥 남겼네! 어휴."

"배부르게 먹었어."

"이건 아빠가 먹어야겠다. 요새 달걀값이 꽤 올랐어."

아빠가 달걀프라이를 한입에 넣어 우물거렸다. 예준은 잠갔던 가게 문을 열고 그대로 밖을 나왔다. 시원한 공기가 콧속으로 들어왔다. 스마트폰을 주머니에 집어넣자마자 진동이 울렸다. 예준은 곧장 스마트폰을 봤다. 슬후에게서 온 문자였다. 한동안 소진에게 연락 올 일은 없을 것 같았다. 가슴이 시렸다. 친구에 대해 그다지 연연한 적 없었고, 이번에도 아무렇지 않을 줄 알았다. 그런데 아니었다. 예준은 이런 감정이 낯설었다.

> 결과 봤지? 삼차도 잘해 보자.
> 다음 주 월요일에 학교 끝나고 시간 괜찮지?

안 돼.

왜? 너 원래 학교 끝나고 어디 안 가잖아.

주말 동안 홍보 피켓은 만들어 둘게.

예준은 답장을 대충 보내고는 스마트폰을 책가방 앞주
머니에 넣었다. 학교가 아니면 집에 있는 동선을 슬후에
게 간파당한 것만 같았다. 기분이 썩 좋지 않았다.

상가 건물 앞에 학원 버스가 섰다. 예준과 같은 교복을
입은 아이들이 봉지 터진 과자처럼 쏟아져 나왔다. 아이
들은 예준을 지나쳐 상가 엘리베이터 앞으로 걸어갔다.
재동중 학생들이 가장 많이 다니는 학원이 오층부터 칠
층까지 차지하고 있었다. 학교 끝나면 학원에 가는 게 일
상인 다른 학생들과 예준은 달랐다. 예준에게 학원은, 가
고 싶지만 멀리서 지켜만 봐야 하는 곳이었다. 학원비가
없으니 학원에 들어가지도 못했다.

예준은 삼삼오오 들어가는 아이들을 지켜봤다. 엘리베
이터 옆 벽면에는 학원을 홍보하는 포스터가 붙어 있었
다. 포스터 안에서 재동고 교복을 입은 여학생이 환히 웃

었다. 얼핏 여학생의 얼굴이 낯설지 않았다. 낯설면 어떻고 그렇지 않으면 또 어떤가. 어차피 예준과 관계없는 사람이었다.

예준은 건물에서 돌아섰다. 급식 공모전의 최종 심의까지는 이제 삼차만 남았다. 수십 대 일의 관문을 뚫고 여기까지 왔다. 예준은 독하게 마음을 다잡았다.

'괜찮아. 충분히 재동고에 갈 수 있어. 일단 공모전만 생각하자.'

학생들이 점점 몰려들었다. 까만색 벤츠에서 찬호가 내렸다. 보조석 창문이 내려가더니 찬호와 똑 닮은 아줌마가 높은 음성으로 외쳤다.

"아들! 엄마가 홍보지 다 프린트해 올 테니까 걱정 말고 공부 열심히 해. 알았지? 셰이크도 걱정 마. 엄마가 알아서 해."

"알겠으니까 그만 좀 해. 얼른 가."

찬호는 난처한 기색을 표하며 손짓했다. 벤츠가 유유히 사라지고, 학원으로 걸어오던 찬호는 예준과 눈이 딱 마주쳤다.

"너도 여기 다니냐?"

"아니."

128

"난 또 같이 듣는 줄 알았네. 너도 알지? 이 학원, 프리미엄 클래스로 유명한 거."

"그딴 거 몰라."

"하긴. 안 다니면 모르려나. 그나저나 너 진짜 공모전 됐더라. 제법이네."

프리미엄 클래스인지 뭔지 예준이 알 바는 아니었다. 하지만 찬호가 으스대며 학원에 들어가는 꼴은 마뜩잖았다.

"한번 잘해 봐. 어차피 우승은 정해져 있지만. 우리 팀 이번에 준비 많이 했거든."

"너도 잘해 봐. 엄마가 다 해 줘서 편하겠네."

"뭐?"

찬호가 한쪽 눈썹을 치켜세웠다. 지나는 결에 살짝 듣고 던진 말인데 정말로 엄마가 도와주는 모양이었다. 급식 공모전은 학생들만의 실력으로 겨루는 줄 알았는데 엄마까지 동원하다니, 예준은 헛웃음이 나왔다.

"너 썩은 달걀 본 적 있어?"

찬호가 학원으로 들어가려다 말고 예준 앞에 섰다. 예준은 짜증이 확 났다.

"무슨 말이 하고 싶은 건데?"

"난 본 적 있어. 겉에서 보면 다른 달걀이랑 똑같은데

까 보면 알아. 노른자가 시커멓게 썩어 있거든. 섬뜩하지
않냐? 티가 안 난다는 게. 달걀 팀이니까 알면 좋을 것
같아서. 나 무시하지 마라. 옛날의 내가 아니니까."

　찬호는 의기양양한 표정을 지으며 느물느물한 웃음과
함께 돌아섰다. 찬호의 뒷모습을 보며 예준은 뒤통수에
달걀을 던지는 상상을 했다. 상상은 증폭되어서 달걀에
서 스마트폰으로, 스마트폰에서 주먹으로 넘어갔다. 아
찔한 상상이 현실로 구현되려던 찰나에 찬호를 태운 엘
리베이터 문이 닫혔다.

닭들의 소란

"진짜 시간 안 돼? 삼차가 마지막인데."

슬후가 교실에 들어오자마자 책가방도 내려놓지 않은 채 예준에게로 왔다. 책상에 엎드려 있던 예준이 인기척에 고개를 들었다. 피로감이 양쪽 어깨를 무겁게 짓눌렀다. 새벽 일찍 포니제과점 앞을 청소하고 온 터라 무척 졸렸다. 겨우 선잠에 들었는데, 슬후의 목소리에 잠이 와르르 깼다.

"돼."

"근데 주말 동안 답장도 안 했어?"

"이거 만드느라."

예준이 책상 옆에 내려놓았던 커다란 비닐봉지에서 하

드보드 두 개를 꺼냈다. 하나는 달걀에 대한 효능이, 하나는 달걀빵을 홍보하는 내용이 적혀 있는 피켓이었다.

예준은 과거 급식 공모전에서 우승한 팀이 만든 피켓들을 찾아봤다. 그리고 발표 자료에서 내용을 추리고 빈 종이에 밑그림을 그렸다. 밑그림을 바탕으로 하드보드 위에 다시 쓰고 그리고를 반복해 완성판을 제작하고 나니 주말이 끝났다. 그 와중에 미뤄 둔 학교 공부도 틈틈이 했다.

삼일 내내 잠을 제대로 자지 못했다. 몸과 마음이 너덜너덜한 예준에게 힘을 주는 건 오로지 포니쿠키였다. 포니쿠키를 먹어 치우는 속도는 점점 빨라져서 용돈으로 산 포니쿠키는 진작 바닥났다. 훔쳐 온 포니쿠키도 절반 정도 남았다. 이제 정말 끝이라는 사실이 예준에게서 여유를 빼앗아 갔다.

슬후의 눈이 휘둥그레졌다.

"잘 만들었네. 내가 미안할 정돈데? 만나서 같이 해도 되는데."

"발표 때 신세 졌으니까."

슬후는 전교 회장이라 인맥도 넓고 인기도 많다. 표심은 대체로 슬후가 끌어올 것이다. 예준은 또다시 무력감을 느꼈다. 급식 공모전에서 자신이 해낸 건 무엇일까 하는 의문이 도통 사그라지지 않았다. 허탈한 기분에서 벗어나고 싶어 예준은 피켓 만들기에 더욱 공을 들였다.

슬후가 피켓들을 교실 뒤편의 창가에 나란히 세워 놓았다. 반 아이들이 바로 반응을 보였다.

"대박. 누가 만들었어?"

"예준이 작품이래."

"어쩐지."

아이들이 피켓 앞으로 몰려들었다.

"뭐 하러 벌써부터 세워 놔?"

자리로 온 슬후에게 예준이 물었다.

"미리 홍보도 되고 좋지. 이따 갖고 가서 급식실 앞에서 들자."

담임 선생님이 들어오자 아이들은 자기 자리로 돌아갔다.

"이거 우리 반 달걀 팀이 만든 거지? 이야, 잘하면 우승하겠는데. 선생님도 정말 기대된다."

피켓을 발견한 담임 선생님이 미소를 지었다.

"김슬후! 우승하면 우리 반은 달걀빵 두 개씩 줘라."

"나도나도. 무조건이야."

신난 아이들이 하나둘 말했다.

"이래 놓고 정작 아무도 안 먹는 거 아냐?"

슬후의 장난 섞인 말에 모두 와하하 웃었다. 담임 선생님과 아이들이 한마음으로 응원하는 게 느껴졌다. 다만 소진은 전혀 동요하지 않고 뭔가를 끄적이고 있었다. 예준은 물끄러미 소진의 뒷모습을 쳐다봤다.

문자를 주고받은 그날 이후 소진은 예준에게 아무 말도 하지 않았다. 쉬는 시간에는 주로 교재를 뒤적이거나 아예 엎드려 있었다. 자리에 붙어 있지 않은 적도 많았다. 이대로 시간이 흐르면 다른 아이들처럼 소진과도 멀어지겠지만 이제 와서 무슨 말을 꺼내야 할지 예준도 갈피를 잡지 못했다. 예준의 어깨 위로 애달픈 감정이 눈처럼 쌓여 왔다.

'공모전에 집중하자. 그것만 우승하면 포니쿠키를 더이상 훔쳐 먹지 않아도 돼. 문제집도 편히 고를 수 있고. 지난 발표 때도 한고비 잘 넘겼어. 우승만 하면 돼. 그럼 다 잘 풀릴 거야.'

예준은 그동안 몰래 훔쳤던 포니쿠키 상자의 수를 헤아리려다 말았다. 정확히 가늠되지도 않거니와 그걸 알아봤자 얼마나 스스로 형편없는 인간인지 확인하는 것밖에는 되지 않았다.

아침 자습 시간이 끝났음을 알리는 종이 울렸다. 아이들이 용수철처럼 후다닥 달려 나갔다. 예준은 미적미적 일어났다. 세수라도 해야 잠이 깰 것 같았다.

복도에는 삼 학년 아이들로 붐볐다. 예준은 오가는 아이들을 피해 걸어갔다. 어디선가 시끌벅적한 소리가 났다. 예준이 발을 옮길수록 크고 분명하게 들렸다. 화장실 앞에 도착하니 남자애들이 근처에서 피켓을 들고 있었다.

"피부에도 좋고 다이어트에도 좋은 서리태 셰이크! 건강은 기본, 고소한 맛은 덤이에요! 먹고 싶다면 콩 팀을 찍어 주세요!"

"식물성 단백질 섭취로 동물복지에 참여합시다!"

피켓을 들고 있는 아이들 가운데 찬호가 서 있었다. 몇몇 아이들이 종이를 나눠 줬다. 예준은 얼결에 종이를 받아 들었다. 콩이 청소년에게 좋은 이유와 서리태 셰이크의 맛 평가가 조잡하게 나열되어 있었다. 어디서 인쇄했는지 팸플릿 디자인만큼은 마트 홍보지처럼 그럴싸했다.

"달걀은 썩었는지 안 썩었는지 곁에서 보면 모릅니다."

"야, 저기 달걀 팀."

피켓을 든 남자애가 찬호의 옆구리를 찔렀다. 찬호는

개의치 않고 목청을 높였다.

"여러분! 저희가 콩을 고른 이유가 있습니다. 달걀은 너무 위험해요. 신선 제품인데 멀쩡한지는 껍질을 깨 봐야 알거든요. 잘못 관리하면 식중독에 걸릴 수도 있어요. 달걀 썩은 냄새 맡아 보신 분? 말도 말아요."

찬호가 코를 싸쥐면서 예준을 슬쩍 쳐다봤다.

"콩은 그렇지 않습니다. 썩은 것과 깨끗한 것, 바로 골라낼 수 있어요! 저희는 콩 중에서도 영양이 풍부하기로 소문난 서리태를 사용했습니다!"

예준은 주먹을 쥐었다. 썩은 달걀이란 말을 들을 때마다 단전에서부터 분노가 올라왔다. 잠은 벌써 달아났다. 그날 학원 앞에서 본때를 보여 줬어야 했는데. 유난을 떠는 찬호를 보니 역시 참지 말았어야 했다.

"적당히 해. 트집을 잡아야 이길 만큼 우리 팀이 견제되나 봐?"

어느새 슬후가 예준 옆으로 와 있었다. 찬호는 슬후를 똑바로 쳐다봤다.

"트집은 무슨. 사실을 말한 거야, 전교 회장. 아니, 김연지 동생."

슬후의 얼굴에서 순식간에 미소가 사라졌다.

"우리 학원 홍보 포스터에 있는 사람, 너희 누나잖아? 재동고에서도 쭉 상위권이라며? 너도 누나 따라 재동고 가려고 공모전에 나왔나 본데. 따라갈 수 있으려나?"

슬후는 대꾸도 없이 찬호를 지그시 바라봤다. 표정에 미동도 없었다. 예준은 엘리베이터 옆에 붙었던 학원 홍보 포스터를 기억해 냈다. 미소 짓는 주인공이 슬후의 누나일 줄이야. 그러고 보니 눈매와 입가가 슬후와 묘하게 닮은 구석이 있었다.

"미안. 얘가 원래 좀 나대는 편이야."

"적당히 해, 미친놈아."

찬호와 같은 팀 남자애들이 분위기를 살피며 슬후에게 사과했다. 슬후가 반응이 없자 찬호도 멋쩍었는지 구경하는 아이들을 향해 외쳤다.

"이따 급식실에서 서리태 셰이크를 샘플로 나눠 줄 예정입니다. 무료니 먹어 보세요!"

수업 종이 울렸다. 복도에 어지러이 서 있던 아이들이 각자 반으로 흩어졌다.

"엄마가 만든 거면서 유세는. 우리도 달걀빵 만들어 올 걸 그랬나 봐."

"쟤네 엄마가 셰이크 만들어 줬대? 재밌네."

슬후가 예준의 말에 피식 웃었다. 그러고는 좀 전의 무표정으로 금세 돌아갔다. 슬후는 작동을 멈춘 로봇 같았다. 시간이 정지된 세계 속에 홀로 갇혀 있는 듯 보였다.

예준과 슬후는 교실로 돌아와 자리에 앉았다. 영어 선생님이 들어오고 수업이 바로 시작됐다. 선생님이 영어 지문을 읽으며 하나하나 문법을 설명했다. 쉽고 간단한 내용인데도 예준은 수업에 집중하기가 어려웠다. 지금까지 슬후에게서 보지 못한 표정이 누차 걸렸다. 누나 이야기에 슬후는 시멘트처럼 딱딱하고 창백해졌다.

한편으로는 스스로가 답답했다. 누가 봐도 화를 북돋우려는 말인데 찬호가 놓은 덫에 보기 좋게 걸려들다니 자존심이 상했다. 길가에 박힌 돌멩이처럼 썩은 달걀이란 말이 맘속에 딱딱하게 걸렸다. 인정하고 싶지 않은 비밀을 들춰낸 기분이었다.

'썩은 달걀은 무슨.'

그 누구도 예준에게 잘못하고 있다거나 이상하다고 말하지 않았다. 심지어 아빠는 예준에게 잘하고 있다며 칭찬했다. 기껏해야 밥 좀 잘 챙겨 먹으라는 잔소리 정도였다. 그런데 예준의 본능은 아빠의 말을 힘껏 부인했다. 그동안 눈앞에 닥친 시험과 수행 평가에 집중을 곧잘 했는데 어찌 된 영문인지 급식 공모전을 시작하면서 마음속이 뒤죽박죽 엉켜만 갔다. 아니면 원래 엉켜 있던 게 이제야 드러났거나.

일 교시가 얼렁뚱땅 지나갔다. 나머지 수업도 예준은 듣는 둥 마는 둥 했다. 중요하다 싶으면 교과서에 필기하는 정도로 그쳤다. 피곤한 와중에 복잡한 생각을 정리하느라 오전이 다 날아갔다. 사 교시까지 끝나자 예준은 책상에 그대로 엎어졌다. 배고픔보다 피곤함이 우수수 몰려와서 급식실에 밥 먹으러 갈 힘도 없었다. 막 잠이 쏟아지려는데 누군가 예준의 어깨를 톡톡 두드렸다. 예준은 지친 몸을 겨우 일으켰다. 소진일 줄 알았지만 눈앞에는 슬후가 와 있었다.

"밥 먹으러 안 가?"

"피곤해서 자려고."

예준은 소진이 있는 쪽을 흘긋 봤다. 소진의 자리는 비어 있었다. 예준에게 말없이 급식실로 갔다는 뜻이었다. 먹을 수 있는 식단이 나와서 혼자 내려간 걸까. 예준은 마음 언저리가 시렸다. 알 리 없는 슬후가 예준을 부추겼다.

"급식실 가자. 우리도 홍보해야지. 네가 공들여 만든 피켓도 있는데."

슬후의 말투는 단호했다. 투표는 금요일 오전까지 학교 홈페이지에서 온라인으로 진행된다고 했다. 주어진 시간이 나흘이었다. 예준으로서는 표를 모으려면 필사적으로 홍보해야 했다.

예준은 슬후와 함께 피켓을 하나씩 들고 내려갔다. 급식실 풍경이 조금 생경했다. 식판을 두고 나가는 쪽에는 콩 팀이 모여 있었다. 콩 팀은 페트병에 담은 서리태 셰이크를 작은 종이컵에 따라 급식을 마친 아이들에게 나눠 주고 있었다.

"우리는 이쪽에 있자."

슬후가 피켓을 들고 콩 팀의 맞은편에 섰다. 예준은 찬호의 얼굴을 보자마자 질색했다.

"꼭 쟤네를 마주 봐야겠어?"

"여기가 좋아."

"대체 어디가?"

예준이 슬후에게 따지려는데 여자애들이 콩 팀에게로 우르르 몰려들었다. 다들 치마가 짧고 화장한 얼굴이었다. 삼 학년은 아닌 것 같았다. 그 무리에 희서가 있었기 때문이다. 찬호는 종이컵에 따른 서리태 셰이크를 희서에게 건넸다.

"우리 후배들이 소문 듣고 단체로 먹으러 왔구나? 인기가 많아서 좀 모자랄지도 모르겠는데 오늘 특별히 줄게."

"이거 직접 만든 거예요?"

희서가 찬호를 정면으로 바라보며 물었다. 예준은 희서의 뒷모습만 보였다. 하지만 어떤 표정일지는 짐작이 갔다.

"당연히 우리 팀에서 준비했지."

"어떻게 만들었는데요?"

"그건 비밀이야! 우리만의 특제 비법으로 만든 거거든."

찬호가 크게 당황하지 않고 말했다.

"엄마가 만든 거 아니고요?"

"뭐라고?"

"지금 이거 먹어서 뭐 해요? 나중에 우승해도 이 맛은 아니잖아요. 공모전 되면 엄마한테 다 만들어 달라고 할 거예요?"

주변에 있는 여자애들이 까르르 웃었다. 천진난만한 웃음이 아니라 한 사람을 향한 조소였다. 찬호의 귀가 빨갛게 달아올랐다. 남자애들은 종이컵을 든 채 분위기를 우물쭈물 살폈다. 서리태 셰이크를 맛보려고 주변에 몰려들던 아이들이 슬금슬금 급식실 밖으로 빠져나갔다. 저 멀리 한쪽에서는 찬호와 희서를 구경하고 있었다.

"이상한 소리 할 거면 저리 가라."

찬호가 시선을 의식하며 정색했다.

"참, 학원에서도 좀 유명하던데요? 프리미엄 클래스는 원래 시험 보고 들어가야 하는데 집에서 학원비 더 줘서 들어갔다고. 아니에요? 학원 다니는 애들도 다 알던데?"

"이게!"

순간 찬호가 주먹을 들었다. 그러자 종이컵이 희서 쪽으로 날아갔고, 여자애들이 비명을 지르며 물러섰다. 희서의 교복 치마와 종아리에 얄궂게도 서리태 셰이크가 묻었다. 바닥은 흩뿌려진 서리태 셰이크로 엉망이 됐다.

"꼬박꼬박 선배로 대접해 주니까 진짜 잘난 줄 아냐? 좋은 말 할 때 세탁비 물어내라."

희서가 치마에 묻은 셰이크를 신경질적으로 털어 내며 험한 말을 쏟았다.

"아쉽다. 스마트폰 있었으면 찍는 건데."

"영양사 선생님한테 이르자!"

같이 온 여자애들이 말을 보탰다. 분위기는 점점 험악해졌다.

"네가 먼저 시비 걸었잖아. 네 잘못인데 내가 왜?"

"참, 돈 없지. 엄마한테 달라고 해야겠다."

"이게 보자 보자 하니까!"

찬호가 욱하며 또 주먹을 치켜들자 옆에 있던 여자애들이 크게 소리를 질렀다. 영양사 선생님이 누군가와 함께 찬호와 희서 앞에 도착했다. 희서가 울상을 지으며 영양사 선생님에게로 쪼르르 갔다.

"선생님! 저 선배가요, 우리한테 서리태 셰이크를 막 뿌렸어요. 먹는 걸로 막 이래도 돼요?"

희서의 말에 영양사 선생님은 지저분해진 바닥을 보고는 화를 냈다.

"급식실을 엉망으로 만들어 놓고 대체 뭐 하는 거야!"

"가만히 있는데 갑자기 와서 트집 잡잖아요."

"아무리 그래도 먹는 걸 던지는 게 옳은 거야?"

"저 여자애가 막 반말하면서 먼저 싸움을 걸었다니까요. 억울한 건 저희예요!"

찬호는 같은 팀 아이들을 보더니 거의 울 것처럼 항변했다.

"안 되겠다. 너희 전부 따라와!"

영양사 선생님의 호통에 찬호가 쭈뼛거리며 뒤따랐다. 같은 팀 아이들이 찬호에게 작은 소리로 욕을 했다. 찬호의 얼굴은 마치 얻어맞은 사람처럼 시뻘게졌다. 그 뒤를 희서와 친구들이 씩 웃으며 따라갔다. 난데없는 광경에 예준은 눈을 끔뻑였다. 후련하기보다는 찝찝하고 불쾌했다. 찬호의 은밀한 콤플렉스를 대놓고 훔쳐본 기분이었다.

"홍보는 이쯤 할까? 나도 이제 병아리들 모이 주러 가야 해서."

"학교에 병아리가 있어?"

슬후의 말에 예준이 물었다.

"저번에 말했잖아. 주기적으로 교체된다고. 너도 갈래?"

예준은 빈 닭장이 채워진 모습을 보고 싶어서 고개를 끄덕였다. 슬후와 예준은 피켓을 챙겨 들고 급식실을 빠져나갔다.

닭장 안은 이전과 다른 활기가 돌았다. 아직 성체가 되지 않은 닭들이었다. 털은 하얗고 뽀얬다. 머리 위에 작은 볏이 귀엽게 뾰족 솟아나 있었다.

슬후가 피켓을 예준에게 건넸다. 예준은 피켓 두 개를 포개어 바닥에 세워 들었다. 슬후는 닭장 옆에 달린 나무함에서 모이통을 꺼냈다. 그리고 닭장 안에 놓인 먹이통에 조르르 부었다. 닭들이 후다닥 달려들더니 모이를 마구 쪼아댔다. 슬후가 그 모습을 흐뭇하게 바라보며 말했다.

"얘들도 서열이 있는 거 알아?"

"서열?"

"응. 암탉들은 처음에 자기들끼리 다투거든. 서열을 정하느라. 위계가 생기면 닭들은 자기보다 약한 닭의 머리를 쪼기도 한대. 그래도 되는 권리가 생긴다나? 그래서 자기보다 약한 닭을 찾아가서 쪼고, 자기보다 센 닭한테는 막 쪼이고. 그렇게 살아가는 거지. 아마 얘네도 조금만 더 크면 엄청 싸울걸. 하하하."

슬후가 호탕하게 웃었다.

"갑자기 왜 웃어?"

"그래 봤자 닭대가리들이잖아. 아까 최찬호가 맥없이 무너지니까 같은 팀 남자애들이 돌려 까는 거 들었지? 내가 알아봤는데 걔 평판이 좀 안 좋더라."

슬후는 왠지 후련해 보였다. 예준이 골머리를 앓는 동안 슬후는 무슨 생각으로 지냈을까. 예준은 슬후의 말을 들으며 기묘한 감정을 느꼈다.

희서가 두리번거리면서 다가왔다. 벌써 면담이 끝난 모양이었다. 슬후를 발견한 희서는 반갑게 달려와 팔짱을 꼈다.

"오빠! 나 진짜 힘들었어. 얼마나 무서웠는지 알아?"

"알지. 희서한테 정말 고마워."

슬후가 희서의 머리칼을 가만히 쓰다듬었다. 희서가 왜 저런 말을 하는지 예준은 의아했다. 좀 전에 전교생 앞에서 살벌하게 한판 치른 모습과는 달라도 너무 달랐다. 게다가 슬후 역시 저런 반응이라니. 다정히 웃어 주는 모습이 무척 낯설었다.

희서가 예준에게 은근한 눈빛을 보냈다. 예준은 자리에 같이 있고 싶은 생각이 싹 달아났다.

"나 피켓 들고 먼저 올라갈게."

예준은 닭장 앞 커플을 두고 서둘러 학교 건물로 들어갔다.

우울한 우승

"급식 선생님들과 심사숙고하여 맛있고 몸에 좋은 달걀빵을 만들겠습니다. 잘 부탁드립니다!"

예준은 복도를 지나 계단으로 내려가는 아이들을 향해 외쳤다. 예준의 말을 귀담아들었는지는 알 길이 없었다. 사실 홍보하는 게 무슨 의미가 있나 의문이 들었지만 시간은 점점 가까워졌고, 마음이 급해졌다. 우선은 알리고 봐야겠다고 결심했다.

첫날에는 한마디도 제대로 꺼내지 못했다. 예준의 성격상 쉽지 않았다. 예준은 집에 가서 멘트를 여러 개 뽑아 봤다. 달걀은 영양소를 고루 갖추고 있어 청소년들에게 우수한 음식입니다. 달걀빵은 만들기도 간편하면서

맛도 좋은 영양 간식입니다. 달걀빵을 기억해 주세요. 잘 부탁드립니다. 수시로 연습하다 보니 낯간지러운 말들도 어느 순간 입에 붙었다. 처음 보는 아이들에게도 곧잘 튀어나왔다. 공모전에 뛰어든 이후 예준은 변하고 있음을 몸소 느꼈다.

물밀듯이 빠져나가던 아이들이 차차 줄어들고 복도가 한산해졌다. 복도에서 비질하던 아이들도 청소를 마치고 교실로 들어갔다.

"여기까지 하자."

예준은 들고 있던 피켓을 내려놓으며 슬후에게 말했다. 마지막 날이라 진이 빠졌다. 예준과 슬후는 매일 점심시간마다 급식실에서, 쉬는 시간이나 수업이 끝난 이후에는 삼 학년 교실들이 있는 복도에서 틈틈이 홍보를 했다. 반찬을 하나하나 음미하며 급식을 충실하게 먹던 예준의 모습은 옛날이 되었다. 급식은 허기를 채우는 것 이상도, 이하도 아니었다. 어떨 때는 급식을 건너뛰고 포니쿠키로 때웠다.

슬후도 지쳤는지 습관적으로 짓던 미소가 옅어졌다. 둘은 피켓을 든 채 벽에 비스듬히 기댔다. 같은 반 여자 애들이 예준에게 다가왔다.

"짧은 기간이었지만 고생했어. 좋은 결과 있으면 좋겠다. 진심."

"어. 고마워."

뜻밖의 인사에 예준은 얼떨떨했다.

"일등은 당연히 너희일 거야. 콩 팀은 끝났지."

급식실 소동 이후 콩 팀은 활동 금지 처분을 받았다. 찬호는 그날 이후 보이지 않았다. 종종 찬호가 빠진 콩 팀을 복도에서 부딪힌 적은 있었다. 홍보 마지막 날인 오늘은 아예 콩 팀 모두 모습을 감췄다. 팀원끼리 싸웠다느니, 찬호가 제외됐다느니 소문이 돌았다. 콩 팀은 실격됐다는 말도 들려왔다.

"결과는 나와 봐야 알겠지만 그래도 응원해 주니까 든든하다. 우리는 정리할 게 있어서 가 볼게."

슬후가 전교 회장다운 의젓한 말을 꺼냈다. 아이들을 뒤로하고 예준과 슬후는 교실로 갔다. 피켓을 교실 뒤편에 비스듬히 세워 두고 각자 가방을 챙겼다. 교실에는 아무도 없었다. 슬후가 먼저 짐을 정리하고 복도로 나갔다.

예준은 밖으로 나가기 전에 마지막으로 피켓을 돌아봤다. 온라인 투표가 내일 오전에 종료되니 사실상 홍보는 끝난 셈이었다. 말 한 번 걸어 본 적 없는 아이들에게 친

근하게 다가가는 것도, 공부하는 틈틈히 급식 공모전에
몰두하는 것도 이제 끝이었다.

예준도 교실을 나섰다. 슬후가 복도에서 기다리고 있
었다. 텅 빈 교실 문을 닫고 계단으로 같이 향하는데, 담
임 선생님이 멀리서 반갑게 손을 흔들었다.

"아직 있을 줄 알았어. 올해는 너희가 된 것 같더라."

담임 선생님은 한껏 상기된 얼굴로 다가와 말했다.

"저희가 됐다고요?"

예준이 놀라 되물었다.

"응. 지금까지 절반 정도가 투표했는데 달걀 팀이 이
미 과반수였어. 보통 참여율이 칠십 퍼센트 남짓이거든.
교무실에서도 너희가 우승이라고 확신하고 있어. 축하
해! 둘 다 애 많이 썼지?"

담임 선생님이 예준과 슬후의 어깨를 툭툭 두드렸다.
슬후는 활짝 웃었다. 예준은 줄곧 어깨 위를 누르고 있던
긴장감이 스르르 풀리는 느낌이 들었다.

"선생님, 그럼 상금은 언제 받아요?"

예준은 저도 모르게 마음의 소리를 먼저 입 밖으로 냈다.

"아마도 한 달 뒤? 행정 처리가 좀 걸릴 거야. 상금이
궁금한 걸 보니 예준이는 사고 싶은 게 있나 보구나."

"아니에요."

당장 포니쿠키를 사야 한다고 이야기할 수가 없었다. 가지고 있던 포니쿠키는 모두 먹어 치운 지 오래다. 한 달은 너무 길었다. 그동안 포니쿠키를 훔치지 않고 버틸 자신이 없었다. 지금도 포니쿠키를 입에 한가득 베어 물고 싶었다.

"우승이 확정되면 농장 견학 날짜도 금방 잡힐 거야. 우승 팀의 특전이라고 포스터에 안내돼 있었는데 기억나지? 혹시나 해서 다시 알려주는 거야."

담임 선생님의 말에 예준은 급식 공모전 포스터를 처음 봤던 날을 떠올렸다. 그때만 해도 예준은 절대 귀찮은 일에 연루되지 않으리라 확신했다. 지금처럼 우승 팀의 주인공이 될 줄은 꿈에도 몰랐다.

"이번 주에 갈 수도 있으니까 준비해. 주말에는 시간 비워 놓고. 이 얘기 하려고 온 거야."

"그렇게 빨리요?"

슬후가 되묻자 담임 선생님이 어깨를 으쓱했다.

"그러게. 올해는 교장 선생님이 유독 공모전 일정을 서두르시네. 참, 달걀빵을 나눠 주는 첫날에 달걀의 효능이랑 달걀빵 레시피를 알려 주는 방송도 너희가 해야 한

다니까 어떻게 설명할지 미리 대본을 써 두면 더 좋고."

예준은 담임 선생님의 말이 더는 귀에 들어오지 않았다. 한 달 동안 포니쿠키를 과연 참을 수 있을지에 대한 걱정으로 머릿속이 가득 차 있었다.

담임 선생님과 인사를 나눈 예준과 슬후가 학교 건물 밖으로 빠져나왔다. 누군가 예준을 스쳐 빠른 걸음으로 지나갔다. 찬호였다. 걸을 때마다 나풀거리던 곱슬머리가 축 처져 보였다. 어깨는 왠지 더 움츠러든 것 같았다.

"싸웠다더니 혼자네."

저만치 앞서가는 찬호를 보며 슬후가 무심히 말했다.

"싸웠대?"

"응. 말을 하도 밉게 해 가지고 전부터 벼르던 애들이 많았대. 이번 일을 계기로 완전 등진 거지. 같은 방송부 애들도 아는 척 안 한대."

껑충한 다리로 당당하게 걷던 찬호는 어디 가고 지금은 자취를 감추기에 급급해 보였다. 예전에는 찬호가 마냥 얄미웠는데 막상 혼자 다니는 걸 보니 마음이 썩 좋지 않았다.

"방송 대본은 어떻게 할까? 같이 만들까?"

"아냐, 내가 쓸게."

예준이 건조하게 대답했다.

"공모전 됐는데 좋지 않아? 나는 되게 좋은데. 우리 진짜 열심히 했잖아."

슬후가 예준의 표정을 살피며 계속해서 물었다.

"맞아, 열심히 했지. 나도 좋아."

하지만 말과는 다르게 마음이 편치 않았다.

그토록 염원하던 우승을 손에 넣었다. 재동고 입학이 한결 가까워졌다. 한 달만 있으면 상금도 탈 수 있었다. 당연히 기분 좋아야 할 일이었다. 하지만 이상하게도 우승했단 사실 자체가 마냥 기쁘게 받아들여지지 않았다. 좁아터진 버스에 간신히 몸을 구겨 넣고 가다가 아무도 없는 황무지에 덩그러니 홀로 내린 느낌이었다. 다시 처음으로 돌아왔을 뿐인데 아군도, 적군도 없는 황폐한 곳에 남겨진 기분은 생각보다 헛헛했다. 예준은 허전함을 포니쿠키로 메우고 싶었다. 아니, 당장 메워야만 했다.

아무래도 상금을 손에 넣을 때까지 참기란 불가능할 것 같았다. 예준은 목적지를 집에서 포니제과점으로 변경했다.

'그래, 이번이 진짜 마지막이야. 그리고 다시는 훔치지 말자.'

예준은 비장한 표정으로 굳게 다짐했다. 학교 정문 앞에 삐딱하게 서서 스마트폰을 하던 희서가 슬후를 발견하고는 냉큼 달려왔다.

"오빠! 여태 기다렸는데 왜 이제 나와? 얼른 가자."

희서가 슬후의 팔짱을 꼈다. 예준은 슬후를 보며 서둘러 인사했다.

"들를 데가 있어서 먼저 갈게."

"조만간 밥 먹자. 공모전 끝난 기념으로. 우승하면 엄마가 맛있는 거 사 주신댔어."

"됐어. 발표가 정식으로 나지도 않았잖아."

"주말에 시간 빼놓으라고까지 하셨는데 이 정도면 확정이지."

"오빠! 재랑 밥을 왜 먹어?"

희서가 도끼눈을 뜨며 대화에 끼어들었다.

"또또. 선배한테."

"간다."

예준은 할 말 끝났다는 듯 돌아서 갔다. 둘의 실랑이를 지켜볼 이유는 없었다. 예준의 두 발은 어느새 포니제과점을 향해 달리고 있었다.

멀리 포니제과점이 눈에 들어왔다. 예준은 유리창을

뚫어지게 바라보며 오늘은 포니제과점에 사람이 얼마나 있는지 살폈다. 그런데 누군가 예준의 책가방을 거칠게 잡아챘다. 예준은 중심을 잃고 넘어질 듯 크게 휘청였다. 예준의 조급했던 마음이 별안간 분노로 차올랐다.

"뭐야? 뭔데 오빠랑 밥을 먹어?"

희서였다. 어찌 된 일인지 슬후는 보이지 않았다. 희서의 새된 소리에 길 가던 사람들이 일제히 쳐다봤다. 희서는 남들의 시선을 전혀 아랑곳하지 않았다. 갈수록 예준은 희서를 향한 인내심이 뚝뚝 떨어졌다. 무례한 행동에 화낼 사람은 오히려 예준이었다.

"너한테 볼일 없어. 비켜."

예준은 치솟는 감정을 겨우 억눌렀다.

"뭐냐고! 일은 내가 다 했는데 왜 오빠가 너랑 밥을 먹냐고!"

"네가 무슨 일을 했는데?"

"내가 유력 후보를 무너뜨려 줬잖아!"

희서가 씩씩거렸다. 예준은 잠시 입을 다물었다. 뜻밖의 말이라 단번에 이해되지 않았다. 유력 후보라면 지난번 희서가 급식실에서 찬호와 한바탕했던 상황을 말하는 걸까.

"너 방송부야?"

"아니? 뜬금없이 그건 왜 물어?"

"근데 찬호를 어떻게 알아?"

"찬호가 누군데?"

누구냐고 묻는 걸 보니 희서는 찬호를 전혀 모르고 있었다. 같은 동아리가 아니라면 삼 학년인 찬호와 접점이 있을 수가 없었다.

예준은 곰곰 되짚었다. 슬후는 찬호에 대해 뭔가를 알아봤다고 했다. 그렇다면 그날 희서의 분노는 희서의 것이 아니었다. 누군가의 분노를 희서가 대신 전달했다고 보는 게 맞았다.

"슬후가 시켰어?"

"뭐, 뭐가? 어쨌거나 우승했잖아."

방금까지만 해도 폭주 기관차처럼 덤벼들던 희서가 한 발 물러났다. 설마설마했던 예상이 적중했다. 한 사람의 사생활을 공개적으로 비난하는 자리에 있었다는 것만으로도 불편했는데, 심지어 가해자 편에 몹시 가까이 있었다는 사실이 예준을 수치스럽게 했다. 모르는 사이에 공범이 되었다. 그날의 불쾌함이 두 배로 덮쳐 왔다.

"네가 뭔데!"

예준은 희서의 멱살을 꽉 붙든 채 구석으로 밀어붙였다. 이번에는 예준이 사람들의 시선 따위 신경 쓰지 않았다. 덫에 걸린 족제비같이 희서가 가냘픈 몸으로 버둥댔지만 예준에게서 빠져나가지 못했다. 예준은 희서의 눈을 똑바로 쳐다봤다. 그러자 희서가 예준의 눈을 슬쩍 피했다.

"네가 뭔데 나대고 다녀? 난 슬후처럼 네 성질머리 다 받아 주지 않아. 내 앞에서 그러지 마. 너한텐 그럴 자격 없어."

예준은 목소리를 한층 낮추며 가만가만 입술을 악물었다. 자존심이 상하는지 희서가 한참 후에 고개를 아주 살짝 끄덕였다. 예준이 손을 풀어 주자 희서는 혼잣말을 중얼거리면서 예준의 곁을 떠났다. 그 모습을 지켜본 예준은 곧장 포니제과점으로 걸어갔다. 여러 가지 재료로 뒤섞인 반죽처럼 예준은 머릿속이 복잡했다.

가게 안에는 손님이 거의 없었다. 사장은 스프링 노트를 펼쳐 놓고 부지런히 메모하고 있었다. 매장을 주의 깊게 보고 있지는 않았지만 포니쿠키를 몰래 가지고 나오기에 적절한 환경은 아니었다.

예준은 매장을 천천히 한 바퀴 돌았다. 심장이 쿵쿵거

려 가만히 있을 수가 없었다. 숱하게 봤던 포니쿠키 포장지들을 하나하나 훑었다. 가을 신상으로 보늬밤 맛이 추가됐지만 신메뉴는 예준의 계획에 없었다. 새로 나온 맛은 가게에서 특별히 재고를 신경 쓸 테니 티가 날 게 분명했다.

이윽고 예준은 유난히 많아 몇 개 빠져도 눈에 띄지 않을 것 같은 오리지널 맛 진열대 쪽으로 가서 섰다. 어깨를 누르는 긴장감과 심장 소리를 견디며 쿠키를 훔치는 일은 정말이지 지긋지긋했다. 이 짓도 상금을 받으면 영원히 작별이라고 위안하니 그나마 견딜 만했다.

예준은 스마트폰 카메라를 셀카 모드로 켜서 사장 쪽을 슬쩍 봤다. 사장은 매장에서 흘러나오는 음악을 가볍게 흥얼거리며 계산대 모니터를 보고 있었다. 예준은 사장을 등진 채 포니쿠키 상자 두 개를 교복 재킷 안에 재빠르게 숨겨 포니제과점을 유유히 빠져나왔다.

그리고, 예준은 무작정 달렸다. 포니제과점이 보이지 않는 골목 안으로 들어와서야 포니쿠키 상자를 꺼냈다. 하나는 책가방에 넣고 하나는 그 자리에서 포장지를 뜯었다. 유일한 보상인 포니쿠키가 마침내 예준의 손에 들어왔다. 오늘따라 포니쿠키는 먹음직스러웠다. 진한 초콜릿 향이 예준을 자극했다.

예준은 숨을 고르기가 무섭게 포니쿠키 하나를 입에 쑤셔 넣었다. 그래도 성에 차지 않아 하나를 더 집어넣었다. 크게 우물거리면서 포니쿠키를 목구멍으로 넘겼다. 포니쿠키는 솜사탕 같았다. 채워지지 않고 안개처럼 사라졌다. 예준은 포장지를 또 뜯었다. 순식간에 세 개나 먹어 치웠지만 하나도 먹은 것 같지 않았다. 하나 더, 하나 더 하다가 결국 그 자리에서 포니쿠키 한 상자를 다 먹었다. 상자 속 남은 포니쿠키가 없다는 게 믿기지 않았다.

속이 울렁거리더니 역겨움이 치밀어 올랐다. 예준은 털썩 주저앉아 방금 먹었던 것들을 그대로 웩웩 게워 냈다. 입에서는 침이 흘러나오고, 눈에서는 눈물이 쏟아져 나왔다.

예준은 옆에 보이는 상가로 천천히 들어갔다. 일층 화장실에서 입을 대충 닦은 후 다시 나갔다. 나갈 때는 들어온 문 말고 상가 반대편에 난 문으로 갔다. 자신의 토사물을 구태여 보고 싶지 않았다. 무작정 걷다가 예준은 벤치에 앉았다. 아까운 포니쿠키를 모조리 쏟아 낸 게 분했다. 스스로가 텅 빈 포니쿠키 상자가 된 것만 같았다. 화가 나고 우울하고 무엇보다 슬펐다.

예준은 책가방을 옆에 내려놓고 슬후에게 문자를 보냈다.

> 네가 시켰어?

이 정도로도 슬후는 충분히 알아들을 터였다. 바로 슬후에게서 전화가 왔다. 예준은 일부러 받지 않았다. 신물로 목이 쓰린 데다 통화할 기분은 더더욱 아니었다. 잠시후 답장이 왔다.

> 사실만 얘기했어.
> 희서가 알아서 한 거야.
> 너도 시원하지 않아?
> 주먹 쥐는 것까지 봤는데.

'희서를 부추긴 거네.'라고 답장을 보내려다가 지웠다. 예준도 찬호가 좋은 건 아니었다. 하지만 방법이 잘못됐다. 군중심리를 이용해 누군가를 철저히 혼자로 만드는 건 비겁한 일이었다.

예준은 벤치에 머리를 기댄 채 눈을 감았다. 찌르르 두

통이 왔다. 이대로 숨고 싶었다. 몸이 아래로 끝없이 가라앉는 느낌이었다. 토한 포니쿠키가 너무나도 아까웠다. 훔치는 건 이제 그만하기로 했는데 남은 한 상자로 한 달을 어찌 버틸지 막막했다.

오늘은 유난히 화창했다. 가을 하늘이 동요 가사처럼 높고 푸르렀다. 예준의 감은 두 눈 위로 햇살이 따사로이 내려앉았다. 자신과 무관한 계절을 예준은 즐길 수 없었다.

발걸음 소리가 들렸다. 예준은 인기척에 천천히 눈을 떴다. 햇빛 때문에 단번에 알아보지 못했다. 포니제과점 사장이었다. 너무 놀란 나머지 예준의 몸은 굳었다.

"이거 학생 거야?"

포니제과점 사장이 예준의 눈앞에서 때가 탄 하트 모양의 인형 열쇠고리를 흔들었다. 흔하디흔한 액세서리가 사장의 손끝에서 대롱거렸다. 예준은 겨우 목소리를 쥐어짰다.

"제 거 아니에요."

"그래? 저번 새벽부터 보이길래 학생 건가 했지. 괜히 헛걸음했네."

사장이 돌아서려다 말고 다시 예준 앞에 섰다.

언제부터 따라왔을까. 예준이 토한 것도 다 봤을까. 버려진 포니쿠키 상자를 들고 와서 왜 결제를 안 했냐고 물으면 뭐라고 답해야 할까. 예준은 불안한 마음을 들킬세라 눈을 내리깔았다. 사장의 운동화가 눈에 들어왔다. 예준은 어서 빨리 사장이 사라져 주기만을 바랐다. 원인은 자신에게 있는데 사장의 존재를 불편해하다니. 스스로가 형편없는 인간처럼 여겨졌다.

"괜찮아? 얼굴이 말이 아닌데."

사장이 뜻밖의 이야기를 꺼냈다. 상습적으로 물건을 훔치는 범인더러 괜찮냐니 예준은 어쩐지 헛웃음이 나올 뻔했다. 마음 깊은 곳에서 형용할 수 없는 슬픔이 몰려왔다.

"괜찮아요."

"진짜로?"

사장이 재차 물었다. 예준은 괜찮아야 했다. 괜찮을 뿐만 아니라 좋아야 했다. 그토록 목매던 급식 공모전에서 우승을 했고, 단 한 번 들키지 않고 포니쿠키를 손에 넣었다. 사장은 여전히 아무것도 모르는 눈치였다. 포니쿠키를 훔쳤냐는 말 같은 건 하지도 않았다. 하지만 예준은 왠지 울음이 나올 것만 같았다. 입술을 깨문 채 필사적으로 눈물을 삼켰다.

"네."

사장은 뚱한 표정으로 인형 고리를 들고 돌아갔다. 금이 간 스마트폰 화면에 또다시 슬후의 문자가 떴다.

> 걔는 우리를 건들지 말았어야 했어.
> 잘못을 되갚아 준 게 뭐가 잘못이야?

'잘못을 되갚아 주는 게 얼마나 잔인한지 모르겠지. 너처럼 당당한 애는.'

예준은 하고 싶은 말을 속으로 삼켰다. 자신감이 충만한 세계에 사는 슬후가 오늘따라 머나먼 존재 같았다. 예준은 한동안 벤치에 앉아 오가는 사람을 바라봤다. 그중에 자신처럼 빈곤한 양심을 가진 사람이 한 명은 있지 않을까 하며.

알고 싶지 않았던 일

"자, 벨트 다 맸지?"

담임 선생님이 차에 시동을 걸었다. 예준과 슬후는 각각 뒷좌석 양쪽 끝에 앉았다. 차가 매끄럽게 학교를 빠져나갔다.

"선생님, 농장까지 얼마나 걸려요?"

"내비게이션에 삼십 분 후 도착이라고 뜨네."

슬후와 담임 선생님의 대화가 이어졌다.

"견학은요? 오래 걸릴까요?"

"음, 선생님도 처음 가는 거라 잘 모르겠어. 왜?"

"이따 약속이 있어서요."

"너무 오래 걸리면 교장 선생님께 말씀드려 볼게. 근

데 너희 그새 무슨 일 있었니? 기껏 좋은 결과 내놓고 다툰 건 아니지?"

"아니요. 그럴 리가요."

슬후가 웃으며 대답했다. 예준은 창밖에서 시선을 떼지 않았다.

예준은 슬후의 문자에 끝까지 답장하지 않았다. 다음 날, 학교 홈페이지 공지사항에 급식 공모전 최종 결과가 예상대로 떴을 때도 예준은 여전히 슬후에게 아는 척하지 않았다. 달걀이 압도적으로 많은 표를 차지하며 우승했다. 반 아이들이 예준과 슬후에게 축하의 박수를 보냈다. 담임 선생님은 농장 견학을 가야 하니 토요일 오전 열한 시까지 학교로 오라고 전달했다.

어느새 도시를 벗어나 널찍한 도로로 접어들었다. 회색 도로를 한참 달리다가 숲이 보이는 샛길로 들어섰다. 울퉁불퉁한 흙길에는 '돌마을 입구'라고 쓰인 버스 정류장 표지판만이 덩그러니 세워져 있었다. 그곳을 지나쳐 조금 더 들어가니 노란 바탕에 '남가네 농장'이라고 쓰인 간판이 보였다. 간판 아래 세워진 화살표 방향 팻말로 따라가니 공터가 나왔다. 공터에는 차 한 대가 더 있었다. 담임 선생님이 그 옆에 차를 세웠다.

"도착했어. 이제 내리면 돼."

예준은 차에서 내렸다. 오래되고 아담한 펜션처럼 생긴 나무집이 가장 먼저 보였다. 그리고 나무집 옆으로 야트막한 언덕이 있었는데, 그 위에 기다란 축사가 늘어서 있었다.

나무집 근처에는 교장 선생님이 어떤 남자와 대화를 나누고 있었다. 검은색 투피스를 차려입은 교장 선생님의 모습이 장화를 신고 흙먼지 묻은 모자를 쓴 남자와는 대조적으로 보였다. 담임 선생님은 부리나케 교장 선생님에게로 달려갔다.

"교장 선생님, 벌써 오셨어요?"

"여기 사장님과 잘 아는 사이거든요. 인사들 하시죠. 이분은 농장주님이에요."

"여기까지 오느라 고생하셨습니다."

농장주가 걸걸한 목소리로 말을 건넸다. 담임 선생님을 따라 예준과 슬후도 농장주에게 정중히 인사했다. 흐뭇하게 바라보던 교장 선생님이 담임 선생님에게 넌지시 제안했다.

"임 선생님, 우리 이 앞에서 사진 좀 찍을까요? 바로 달걀 창고로 갈 건데 가는 길에 영상도 살짝 찍어 주시면 좋고요. 달걀 창고만 둘러보고 갈 거예요."

"알겠습니다."

교장 선생님과 농장주가 슬후와 예준을 가운데 두고 양 끝에 섰다. 담임 선생님이 미리 가져온 카메라로 견학 기념사진을 찍었다. 잠시 후 교장 선생님과 농장주가 앞서가고 담임 선생님과 예준, 슬후가 뒤를 따랐다. 축사가 있는 언덕까지 가려면 오르막길로 가야 했다.

"여기서부터 저기까지가 축사, 제일 끝에 있는 건물이 달걀 창고란다."

농장주가 손가락으로 건물을 가리키며 설명했다. 갈수록 이상한 냄새가 풍겨 왔다. 가까이 다가가니 냄새는 한층 진해졌다. 예준은 입으로만 숨을 쉬었다. 슬후는 아예 코를 틀어막았다.

"냄새가 고약하지? 처음에는 적응하느라 시간이 좀 걸릴 거야. 이 축사는 알을 낳는 산란계들만 있어. 고기로 쓰이는 육계는 다른 농장에 있고. 너희 학교 닭장으로 보내는 것들은 육계 출신이지."

"우리 학교 닭들을 여기서 데려와요? 그래서 교장 선생님께서 아신다고 했구나."

아이들 대신 담임 선생님이 대답했다. 예준도 처음 알

게 된 사실이었다.

"매번 좋은 닭들만 엄선해서 보내 주시잖아요. 그쵸, 사장님?"

"그렇다마다요, 교장 선생님. 저희가 어떤 인연인데요. 허허."

교장 선생님의 넉살에 농장주도 사람 좋은 웃음을 지어 보였다.

곧 축사에서 떨어진 달걀 창고 앞에 다다랐다. 창고 안으로 들어가니 사람 키보다 높이 쌓인 달걀판들이 줄줄이 세워져 있었다. 그렇게 쌓인 달걀판은 뒤쪽으로도 한 무더기였다. 천장 귀퉁이에는 폐가처럼 거미줄이 주렁주렁 달려 있었다. 흙바닥에는 개미 떼와 이름 모를 벌레들이 기어다녔다. 예준은 속으로 경악했지만 농장주는 자기 집을 보여 주는 사람처럼 태연했다.

"이렇게 많은 달걀은 처음 보지? 산란계들이 낳은 달걀은 모두 여기서 살균 처리되고 식당이나 학교, 마트 같은 데로 보내진단다. 친환경 마크도 받았으니 안심하고 먹어도 되지."

"살균 처리기는 어디 있는데요?"

예준이 창고 안쪽을 기웃거렸다. 친환경 마크도 앞으

로 믿을 만한 게 못 되겠다는 생각이 들었다. 농장주가 창고 바깥쪽으로 예준의 등을 살짝 떠밀었다.

"안쪽은 관계자 외 출입 금지라 여기서 안 보여. 교장 선생님, 요 앞에서도 다 같이 기념사진 찍는 건 어떠십니까?"

"좋아요. 임 선생님, 학생들과 창고 앞에 모여 주세요. 이것만 찍고 내려갑시다."

"네, 알겠습니다. 근데 교장 선생님, 견학인데 설마 이게 다인가요?"

담임 선생님이 카메라를 꺼내며 별 의심 없이 물었다.

"농장이 지금 휴식기라네요. 오래 머물면 안 된다고 하더군요. 시간이 더 지나면 달걀 창고도 못 볼 것 같아서 서두른 거예요. 맞죠, 사장님?"

"네, 양해 좀 해 주십시오."

촬영은 아까와 똑같은 구도로 이루어졌다. 담임 선생님이 두어 장 찍고 나서 오케이 사인을 보내자 교장 선생님은 뭔가에 쫓기듯 서둘러 내려갔다. 예준은 축사가 있는 곳을 뒤돌아봤다. 학교에 있는 닭들이 정말 여기서 왔는지 보고 싶었는데 축사는 문이 굳게 닫혀 있었다. 대신 축사 입구에 놓인 철제 케이지 안의 닭들을 봤다. 큰 우체국 소포 상자만 한 철제 케이지 안에 닭들이 서너 마리씩 들어차 있었다. 목털이 듬성듬성 빠진 데다 체구도 작았다.

"궁금한 게 많은 학생인가 보구나. 얼른 내려가자."

농장주는 예준이 어서 떠나 주기를 은근히 종용했다.

"저 닭들은 왜 따로 나와 있나요?"

"폐계야. 산란기가 끝난 닭들인데 곧 팔릴 거야. 값이 싸서 찾는 식당들이 좀 있지."

"살아 있는데 폐계라고 불러요?"

예준은 왠지 '폐기처분'이라는 단어가 연상됐다. 볼품없었지만 저렇게 살아 있는데 폐계라고 하다니 죽은 닭을 지칭하는 말 같았다.

"알을 못 낳으니까. 자, 얼른 가자."

농장주가 예준을 슬며시 밀었다. 예준은 더 물어보려다 말았다. 냄새가 너무 심해 더 있고 싶지도 않았다.

다섯 사람은 공터까지 말없이 내려갔다. 견학이라고 해서 최소 한 시간은 걸릴 줄 알았는데, 채 삼십 분도 되지 않아 모든 일정이 끝났다. 예준은 문득 궁금증이 생겼다.

"교장 선생님, 하나 여쭤 봐도 되나요?"

"그럼. 얼마든지요."

"우리 학교 닭장에 있던 닭들이 바뀌었던데, 원래 있던 닭들은 어디로 갔나요? 다시 여기로 오는 걸까요?"

"그 닭들은 저번에 선생님들 연수 때 맛있게 먹었다고 하지 않았습니까?"

교장 선생님 대신 뒤따라오던 농장주가 불쑥 끼어들었다. 순간 모두가 얼어붙었다. 오직 농장주만 싸해진 분위기를 눈치채지 못했다. 교장 선생님이 농장주의 어깨를 살짝 쳤다.

"사장님! 학생들은 그런 거 몰라요. 생명 감수성을 존중……."

"뭐 어때요. 학생들도 치킨 다 맛있게 먹잖습니까. 걔네는 그래도 닭장 안에서 걸어 보기라도 했지. 운이 좋았어요. 다 교장 선생님 덕이 아닙니까. 허허."

생명 감수성 따위 진작 말아먹었을 것 같은 농장주의 실없는 답변 덕분에 예준은 의문이 싹 풀렸다. 그동안 학교로 온 닭들은 학교에서 알차게 쓰였다. 우수한 교육 배경이 돼 주고, 때가 되면 희생이 됐다.

예준은 오늘의 목적이 학생들을 위한 견학이기보다는 학교 차원에서 기념하기 위해서라는 걸 깨달았다. 농장에 갇힌 닭들은 자신의 처지와 비슷했다. 학교를 길이 빛내

줄 신분이 되었으니 말이다. 이전 공모전에서 우승한 선배들도 같은 전철을 밟아 왔을 것이다. 어쩌면 우승의 기쁨에 취해 이쯤이야 별일 아니라고 지나갔을지도 모른다.

"자, 모두 수고했어요. 임 선생님, 마지막까지 학생들 잘 부탁해요."

교장 선생님은 흐뭇한 미소를 지었다.

"교장 선생님은 안 가세요?"

"조금 이따 갈 거예요. 사장님하고 말씀할 게 아직 남아 있거든요."

예준과 슬후는 교장 선생님과 농장주에게 인사하고 담임 선생님 차에 먼저 올라탔다. 바깥보다 차 안의 공기가 더 신선하게 느껴졌다.

"가면 뭐 해?"

슬후가 예준에게 말을 걸었다.

"왜?"

"시간 되면 같이 밥 먹을래? 저번에 얘기했잖아. 엄마가 밥 사 주신다고. 오늘 점심에 만나서 스테이크 먹기로 했어."

"됐어."

"그렇게 말할 줄 알았어. 그래도 그날 답장을 안 한 건 좀 너무하지 않아? 계속 기다렸는데."

"머릿속이 정리가 안 돼서."

예준은 창밖 너머로 대화를 나누고 있는 교장 선생님과 담임 선생님을 바라봤다. 담임 선생님이 당장 차에 탈 것 같지는 않았다.

예준은 바로 답장할 말이 떠오르지 않았다. 잘못을 되 갚은 게 무슨 잘못이냐는 말, 그 문자를 보고 떠오른 사람은 포니제과점 사장이었다. 만약 포니제과점 사장이 모든 사실을 알게 된다면 어떻게 될까. 잘못을 그냥 덮어줄 리는 없을 것이다. 곧바로 경찰서에 신고하거나 훔친 액수만큼 물어내라고 창피를 줄지도 모른다. 잘못한 만큼 앙갚음을 당한다고 해도 예준은 할 말이 없었다. 그간 훔친 쿠키가 결코 적지 않았다. 하지만 막상 그런 날이 닥친다면, 예준은 감당할 자신이 없었다. 예준도 당장 그만두고 싶지만 스스로 끊어 내지 못하고 있었다. 죄책감에 시달린 양심은 점점 녹초가 되어 갔다. 도무지 해결책이 보이지 않았다.

"어쨌거나 다른 사람의 약점을 가지고 이용하는 건 나쁜 거라고 생각해. 넌 나까지 나쁜 사람으로 만들었어."

"알겠어. 기분 나빴다면 미안."

예준의 말에 슬후가 바로 사과했다. 미안하다는 말 한 마디로 다 해결되는 건 아니었다. 슬후는 예준의 상한 기분에 대해 미안하다고 했을 뿐, 자신의 행동이 잘못됐다고 인정하지는 않았다. 슬후에게 더 기대하는 것도 욕심이었다. 예준도 흠이 있듯이 슬후 역시 완벽하지는 않을 터였다. 예준은 이쯤에서 마음을 풀기로 했다.

담임 선생님이 운전자석으로 들어왔다.

"오래 기다렸지? 얼른 가자."

차가 덜커덩거리며 농장을 빠져나갔다. 예준은 머리를 기대고 눈을 감았다. 묵직했던 마음이 아주 조금 후련해졌다. 줄곧 비호감이었던 찬호가 그날 이후로 위축된 걸 보며 예준의 마음이 뒤틀렸던 이유를 이제야 알았다. 그날 예준은 찬호에게서 자신의 모습을 발견했다. 꽁꽁 숨겨 놓은 비밀을 간직한 모습을 말이다.

'남은 건 정말 아껴 먹어야지.'

다행히 토하고 나서는 아직 포니쿠키를 입에 대지 않았다. 예준은 자신의 은밀한 행태를 영원히 들키고 싶지 않았다.

예준이 조용히 마음을 정리하는 동안 어느새 차는 학교로 돌아왔다. 담임 선생님은 교문 앞에 차를 세웠다.

"다들 조심히 들어가. 휴, 뭐 하는 건지 모르겠다. 흔치 않은 경험 좀 했다고 생각해."

"감사합니다, 선생님. 월요일에 뵐게요."

"안녕히 가세요. 주말 잘 보내세요."

예준과 슬후가 차에서 내리며 차례로 인사했다. 담임 선생님 차가 학교를 빠져나갔다. 교문에는 슬후와 예준만 남았다.

"가자. 그 집 스테이크 정말 맛있어."

"알겠어."

예준이 마지못해 승낙했다. 어차피 마지막일 테니 더 귀찮을 일도 없을 것 같았다. 슬후가 곧장 전화를 걸었다.

"엄마! 저예요. 오늘 일찍 끝났어요. 친구도 시간 된대요. 네!"

슬후가 전화를 끊으며 말했다.

"이쪽으로 오신대! 안 그래도 나가는 길이었다고. 여기서 좀만 기다리자."

"그래."

예준은 아빠에게 친구랑 점심 먹고 들어가겠다고 문자를 보냈다. 친구 누구냐고 바로 답장이 왔지만 예준은 스마트폰을 책가방에 넣었다. 아직 급식 공모전에서 우승했다는 소식도 전하지 않았다. 아빠와는 나중에 진지하게 이야기를 나눠 봐야겠다고 결심했다. 일을 마치고 오면 얼굴이 늘 피곤해 보여서 말을 꺼내기가 조심스러웠다.

얼마 지나지 않아 검은색 고급 세단이 둘 앞에 멈춰 섰다. 짙은 선팅 때문에 내부가 잘 보이지 않았다. 곧 보조석 창문이 매끄럽게 내려갔다.

"슬후야, 어쩌지? 엄마가 오는 길에 거래처랑 급하게 미팅이 잡혀서 다시 가 봐야 해. 이걸로 친구랑 맛있는 거 사 먹어."

슬후 엄마가 창밖으로 신용 카드를 내밀었다. 옆에 예준이 서 있다는 것도 모르는 눈치였다. 슬후의 얼굴에 실망한 기색이 역력했다.

"오늘 시간 된다고 하셨잖아요."

"나도 갑자기 연락받았어. 미안. 올해가 유독 바빠. 이따 이걸로 간식도 좀 사 올래? 요새 연지가 통 뭘 안 먹더라. 뭐 해? 얼른 받지 않고."

엄마의 재촉에 슬후는 마지못해 카드를 받았다. 예준은 순간 '나에게도 저런 카드가 있으면 얼마나 좋을까.' 하는 생각이 스쳤지만, 슬후의 표정이 너무나도 슬퍼 보여 아무 말도 할 수 없었다. 슬후 엄마가 고개를 갸웃하며 아들을 쳐다봤다.

"왜 그래? 예전에는 카드만 주면 신나게 받던 애가."

"엄마, 저 이번에 엄청 열심히 해서 우승한 거예요. 하루 세 시간도 못 잤다고요."

슬후가 억울하다는 듯 투정했다.

"뭐 하러 그렇게까지 해. 나 교장이 친척이라 어련히 알아서 다 해 줄 텐데. 엄마 간다."

슬후 엄마는 스마트폰에 통화 버튼을 누르며 창문을 올렸다. 차는 곧이어 학교를 떠났고, 손에 카드를 쥔 슬후는 동상처럼 서 있었다. 슬후는 무표정하게 카드를 내려다봤다. 찬호가 시비를 걸었을 때 보였던 예전의 그 표정이었다. 슬후는 자기만의 세계에 빠져 있었다. 예준은 교장 선생님과 친척이라는 말이 무슨 뜻인지 듣고 싶었지만 물어볼 상황이 아니었다.

"누나가 재동고에 입학하니까 부모님 대우가 달라지더라. 만약 내가 재동고에 못 가면 어떻게 될까. 아마도 나는 투명인간 취급이나 받겠지."

슬후는 들릴 듯 말 듯 혼잣말로 중얼거렸다. 그마저도 도로 위 차들이 지나가는 바람에 끝말은 거의 들리지 않았다. 교문 앞은 오래 있을 곳이 아니었다. 예준은 슬슬

배가 고파 왔다. 코끝에 한참 걸려 있던 농장의 역한 냄새도 서서히 잊혔다. 얼른 자리를 뜨고 싶었다. 슬후는 그대로 두면 해 질 때까지 가만히 서 있을 것 같았다.

"떡볶이 먹으러 갈래? 여기 학교 앞 분식집 맛있잖아."

"그래. 그러자."

슬후가 카드를 쥐고 앞장서 갔다. 예준은 오전의 눅눅한 기억과 복잡한 생각을 학교에 모두 내려놓고 슬후와 걸음을 옮겼다.

불완전 식품

슬후와 헤어지고 예준은 집으로 돌아왔다. 수학 문제를 풀고 일주일 치 수업을 복습하면서 아빠를 기다렸다. 출출해져서 아빠에게 언제 오느냐고 문자를 보냈더니 먼저 저녁 먹으라는 답장이 돌아왔다.

"바쁘면 직원을 뽑지. 미련하게."

예준은 투덜거리면서 거실로 나와 냉장고 문을 열었다. 언제 넣었는지 모를 정도로 딱딱하게 굳은 밥을 전자레인지에 돌리고, 주방 선반에서 참치 캔을 꺼냈다. 밥이 모두 데워지자 식탁에 올려놓고 텔레비전을 켰다.

급식 공모전에서 우승했다는 소식을 듣고 아빠가 좋아할 모습이 눈에 안 봐도 훤했다. 어쩌면 용돈을 더 얹어 주지 않을까 기대했다. 상금이 있다는 이야기는 뺄 작정이었다. 혹시 모르니 올해 졸업까지는 비상금으로 갖고 있기로 했다.

조촐한 저녁상을 치우고 예준은 다시 인터넷 강의를 틀었다. 주요 과목이 모두 끝날 때까지 아빠는 오지 않았다. 예준은 아빠를 기다렸다. 아빠가 기뻐하는 얼굴을 얼른 보고 싶었다. 언제 오느냐고 또 연락하려다가 말았다. 주말이라 손님이 더 많은 모양이었다. 오늘이 토요일이라는 게 야속했다.

자정이 됐을 무렵, 초인종 소리가 났다. 아빠는 보통 도어락을 누르고 들어온다. 밖에서 초인종이 눌리는 상황은 두 가지다. 배달이 왔을 때, 그리고 아빠가 술에 취했을 때.

인터폰을 보니 아빠가 비틀비틀 서 있었다. 예준은 현관으로 나가 문을 열었다. 진한 알코올 냄새에 예준은 고개를 돌렸다. 술에 취한 날이면 아빠는 무슨 이야기를 하든 기억하지 못했다. 그런데 하필 오늘이라니 예준은 김이 빠졌다. 아빠가 신발을 벗으면서 혀 짧은 소리로 살갑게 굴었다.

"딸! 밥은 먹었지?"

술에 취하면 아빠는 말꼬리를 올리는 버릇이 있었다.

"먹었어. 지금 시간이 몇 신데. 와서 씻기나 해. 어휴, 술 냄새."

"그래? 아빠가 미안해."

아빠는 곧장 주방으로 가서 개수대부터 확인했다. 밥그릇과 빈 참치 캔을 보고는 싫은 기색을 내보였다.

"또 참치 캔 먹었어? 차라리 배달을 시키지 그랬어. 이러니 자꾸 살이 빠지지. 한참 체력 붙어야 하는데 이런 거나 먹고."

아빠는 거실로 터덜터덜 가더니 소파에 털썩 앉았다. 오래된 소파가 아빠의 무게만큼 꺼졌다. 예준이 살이 빠지는 이유는 참치 캔 같은 걸 먹어서가 아니라 포니쿠키를 떠올리면 다른 걸 먹고 싶지 않았기 때문이지만, 오늘 아빠의 잔소리는 그냥 넘기기로 했다.

"왜 이렇게 많이 마셨어?"

"어렵지만 좋은 선택을 했거든."

예준은 다음 말을 기다리며 잠자코 아빠를 바라봤다.

"아빠가 국밥집에 불량 식재료를 받을 뻔했어."

아빠는 결심한 듯 고백했다.

"뭐? 그럼 안 되잖아."

"그럼! 당연히 안 되지. 근데 물가는 오르지, 장사는 예전만큼 안 되지, 며칠 동안은 고민이 되지 뭐냐."

한동안 아빠는 생각이 많아 보였다. 밖에 나가서 담배도 자주 피우고 들어왔다. 하지만 아빠에게 무슨 일 있냐고 물어볼 자신이 없었다. 요즘 예준의 고민만으로도 솔직히 버거웠다. 모르는 척하는 게 예준이 할 수 있는 최선이었다.

"그 인간이 달걀은 어지간해서 잘 안 걸린다고, 이제 폐업해서 덜미도 안 잡힐 거라고 했는데! 오늘 우리 딸을 생각하면서 거절했다! 왜냐! 아빠가 잘 살아야 우리 딸도 잘 살 거니까."

아빠가 예준의 어깨를 손으로 토닥였다. 예준은 어깨를 슬며시 옆으로 뺐다. 아빠의 말에 정신이 들었다. '달걀'이라는 단어가 예준의 불쾌한 기억을 두드렸다.

"불량 식재료가 달걀이었어?"

"응. 친환경 마크도 받았대. 심사에서 기준치만 쪼끔 미달이 돼서 불량 처리 났다는데, 아무리 그래도 사람 입으로 들어가는 걸 막 쓰면 안 되지. 안 되고말고!"

아빠가 허공에다 삿대질까지 하며 단호하게 말했다.

예준은 오늘 아침 견학했던 닭 농장이 떠올랐다. 창고

182

에 쌓인 달걀들을 자세히 들여다볼 수 없었다. 가까이 보려고만 하면 농장주가 은근슬쩍 다가와 제지했다. 그나마 볼 수 있는 닭들도 상태가 좋지 않았다.

소파에서 일어난 아빠가 화장실로 가려다 말고 예준을 바라봤다.

"아빠 오늘 잘했지?"

"응. 얼른 씻고 자. 나도 잘 거야."

"그래! 예쁜 딸, 잘 자라."

아빠가 상냥한 목소리로 인사하고 화장실로 들어갔다. 예준은 방으로 들어와 포근한 이불 속에 몸을 파묻고 베개에 머리를 기댔다. 누워서 컴컴한 천장을 올려다봤다. 급식 공모전이 모두 끝났지만 오늘도 잠이 오지 않을 게 뻔했다.

기나긴 밤이 예준을 기다렸다. 물먹은 솜처럼 온몸이 무겁게 늘어졌지만 정신은 또렷했다. 불 꺼진 동그란 전등이 달걀처럼 보여서 예준은 몸을 옆으로 돌려 누웠다.

아빠가 납품 받으려 했던 달걀이 친환경 마크를 받은 곳이라니 예준은 불안을 지울 수 없었다. 물론 오늘 견학을 다녀온 닭 농장에서 나온 달걀이라는 보장은 없었다. 그런데도, 불량 달걀로 만든 달걀빵을 전교생에게 나눠 주고 집단 식중독으로 이어지는 망상이 끝없이 이어졌다. 닭 농장의 위생이 좋았더라면 이토록 의심하지 않았을 것이다.

예준은 머리맡에 두었던 스마트폰으로 손을 뻗었다. 불량 달걀을 검색했다. 불량 달걀을 불법으로 납품했다가 식약청에 걸렸다는 기사들이 떴다. 허가받지 못한 달걀들은 때론 식당으로, 때론 어린이집이나 군대, 학교 등으로 보내졌다.

'교장 선생님은 우리 학교 환경에 엄청 신경 쓰는 분인데 불량 달걀을 받을 리가 없잖아.'

예준은 믿고 싶었다. 교장 선생님이 취임한 이후 학교에는 각종 프로그램이 생겨났다. 재동중은 정부의 인가를 얻어 매년 우수중학교로 선정됐다. 교장 선생님과 친분 있다는 농장주가 겁 없이 불량 달걀이나 납품하는 인간이라고 추정하기에는 무리가 있었다. 하지만 예준은 석연치 않았다. 직접 가서 본 오늘의 농장은 친환경 마크와 거리가 멀었다.

'다른 곳도 비슷한가?'

닭 농장을 검색했다. 오늘 본 농장보다 더러운 데도 있었고 깨끗한 데도 있었다. 농장마다 천차만별이었다.

예준은 스마트폰을 껐다. 방 안이 깜깜해졌다. 눈을 감으니 달걀이 어른거렸다. 아빠가 화장실에서 나와 안방으로 들어가는 소리가 들렸다. 얼마 후 코 고는 소리가 방문을 뚫고 들어왔다. 예준은 잠들기를 서서히 포기했다.

눈을 감았다 떴다 하는 동안 깜깜했던 창문에 빛이 아스라이 스며들었다. 새벽하늘을 보자 외려 마음이 놓였다. 지루한 밤을 넘겼다.

예준은 자리를 박차고 일어났다. 스마트폰을 보니 새벽 여섯 시가 넘었다. 예준은 씻고 나갈 준비를 했다. 후드 위에 두툼한 조끼를 걸쳐 입고 지갑을 챙겼다. 방에서 나가기 전에 서랍장을 열었다. 깊숙이 숨겨 두었던 포니 쿠키를 꺼내 반으로 쪼갰다. 그리고 반을 입에서 천천히 녹여 먹었다. 아빠는 어느새 거실에 나와 잠들어 있었다. 예준은 조용히 문을 닫고 집에서 빠져나왔다.

코가 시려 재채기가 나왔다. 바깥공기는 얼음처럼 차가웠다. 예준은 포니제과점까지 쉬지 않고 걸었다. 상가 화장실에서 빗자루와 유리닦이와 분무기를 들고 나왔다. 주말이라 포니제과점 앞에는 평소보다 쓰레기가 많았다. 예준은 포니제과점에서 가장 가까운 곳부터 빗자루로 쓸었다. 사람들이 찢고 버린 포장지들을 싹싹 쓸어모았다.

버스가 지나갈 때마다 미세한 바람이 불어와 작은 비닐 조각들을 건드리고 갔다. 비질이 끝나자 예준은 분무기를 들었다. 유리문에 세정제를 칙칙 뿌린 다음 유리닦이를 위에서부터 아래로 힘 있게 쓸어내렸다.

포니제과점 앞이 한결 깨끗해졌다. 예준은 상가 화장실에 청소 도구를 두고 나왔다. 하지만 예준의 마음속은 여전히 어지러웠다.

'집에 가서 잠이나 더 자자.'

마침 일요일이니 맘 편히 늦잠을 자도 됐다. 밤새 쌓인 피로를 풀고 나면 복잡하게 얽힌 마음도 풀려 있을 것만 같았다. 아빠는 예준이 나갔다 온 줄도 모를 게 분명했다. 하지만 이대로 돌아가자니 내키지가 않았다. 예준이 밤새 고민한 문제를 해결하려면 기회는 지금뿐이었다.

도로 위 버스에 눈길이 갔다. 예준은 버스 정류장으로 다가가 노선표를 들여다봤다. 돌마을 입구를 지나는 버스는 딱 하나 있었다.

'남가네 농장이었던가.'

예준은 스마트폰으로 농장의 위치를 검색했다. 아무리 찾아도 나오지 않았다. 다시 간다면 돌마을 입구에서 내려서 기억을 더듬어 찾아가야 했다. 두 번 다시 가고 싶지 않은 데다가 장소도 제대로 모르는 곳을 제 발로 가는 건 여러모로 어리석은 짓이었다. 머리는 가지 말라고 예준을 붙잡았다.

버스가 정류장에 도착했다. 찬바람이 얼굴에 닿았다. 지금 가지 않으면 나중에 후회할지도 몰랐다. 예준은 버스에 올라탔다.

"돌마을 입구까지 얼마나 걸리나요?"

"엄청 멀지. 거의 한 시간은 가야 해."

"감사합니다."

예준은 교통 카드를 찍고 앞자리에 앉았다. 이어폰을 챙겨 오지 않아 아쉬웠지만 어차피 충동적인 일정이라 영어 듣기 평가에 집중하기는 어려웠을 것 같았다. 예준은 오십 분 뒤로 알람을 맞춰 놓고는 스마트폰을 꼭 쥔 채 눈을 감았다. 창가에 머리를 비스듬히 기대고 있는 것만으로도 피로가 조금씩 풀렸다.

시간이 훌쩍 흘렀다. 예준은 손에 울리는 진동에 화들짝 깼다. 잠시 눈만 감으려고 했는데 깜빡 잠이 들었다. 바깥 풍경은 도시에서 시골로 바뀌어 있었고, 어느새 하늘도 밝아졌다. 버스 안에는 예준을 포함해 세 명의 승객이 타고 있었다. 다들 멀리 가는지 아무도 버저를 누르지 않았다. 정류장에 승객이 없으면 버스도 서지 않고 그냥 지나갔다. 도착지까지는 네 정거장이 남았다. 예준은 스마트폰으로 남가네 농장을 여러 방법으로 검색해 봤다. 역시나 아무것도 걸리지 않았다. 스마트폰을 주머니에 깊이 찔러 넣고 예준은 어서 도착하기만을 기다렸다.

돌마을 입구에 버스가 멈췄다. 예준은 버스에서 서둘러 내렸다. 두 명의 승객을 태운 버스가 무심히 출발했다. 여기서부터 믿을 건 예준의 기억력이 전부였다.

'버스 정류장이 오른쪽에 있었지. 그럼 이쪽 방향이야.'

예준은 천천히 걸어갔다. 도로와 인도의 구분 없는 널찍한 흙길이라서 도중에 차가 오지 않는지 조심조심 살피며 갔다. 이른 아침인데도 인적이 드문 길을 걸으니 조금 겁이 났다. 예준은 가다가 종종 뒤를 돌아봤다.

계속 걷다 보니 노란 간판이 보였다. 예준은 가슴이 뛰었다. 어제 왔던 곳으로 돌아왔다. 한편으로는 안심이 됐다. 화살표 팻말을 따라 계속해서 걸어갔다. 차를 탔을 때는 몰랐는데 거리가 꽤 되는 곳이었다. 한참을 가니 널찍한 공터가 예준을 맞았다. 옆에 있는 나무집에는 불이 꺼져 있었고, 분위기는 음산했다. 예준은 다시 돌아갈까 싶은 마음이 잠시 들었다가 고개를 저었다.

'여기까지 왔는데. 확인해 봐야지.'

예준은 오르막길로 뛰어 올라갔다. 힘에 부쳤지만 강한 의지가 예준을 움직였다. "아빠가 잘 살아야 우리 딸도 잘 살 거니까."라고 했던 아빠의 말이 예준의 양심에 진한 여운을 남겼다. 스스로 보기에도 예준은 지금껏 삶을 충분히 망쳐 왔다. 그깟 포니쿠키 때문에. 이제라도 잘 살기 위해서는 더더욱 확신이란 게 필요했다.

오르막길 끝까지 올라온 예준은 달걀이 쌓인 창고로 가려다 말고 축사 입구를 들여다봤다. 철제 케이지는 그대로였고 닭들은 어제보다 힘이 없어 보였다. 분명 갈 곳이 있다고 했는데 폐계라고 여기에 방치된 걸까.

미심쩍었지만 예준은 닭들을 뒤로하고 달걀 창고로 향했다. 창고는 문이 비스듬히 열려 있었다. 문을 확 열까 하다가 삐걱 소리라도 날까 봐 예준은 열린 문틈으로 몸을 비집고 들어갔다. 어제와 똑같은 모습으로 달걀들이 잔뜩 쌓여 있었다. 다른 점이 있다면, 오늘은 막을 사람이 예준 곁에 아무도 없다는 것이다.

예준은 가까이 다가가 달걀을 살폈다. 서른 개짜리 달걀판 안에 달걀이 들어 있었다. 그런데 세어 보니 멀쩡한 달걀이 스물여섯 개, 금이 간 달걀이 세 개, 아예 완전히 깨진 달걀이 하나였다. 깨진 달걀에서 고약한 냄새가 새어 나왔다.

'윽. 이것만 그런가?'

예준은 조심스럽게 달걀판을 들어 아래로 내려놓았다. 다음 달걀판에는 멀쩡한 달걀이 스물세 개, 금이 가거나 깨진 달걀이 일곱 개였다. 예준은 달걀판을 바닥에 내려놓고 세 번째 달걀판을 살펴봤다. 역시 상태가 비슷해서 굳이 달걀을 셀 필요가 없었다.

그 순간 멀리서 말소리가 들렸다. 예준은 내려놨던 달걀판을 도로 위로 올렸다. 두 번째 달걀판을 무사히 올려놓고, 첫 번째 달걀판을 들었는데 달걀 하나가 툭 굴러떨어졌다. 깨진 달걀에서 정체가 불분명한 끈적끈적한 액체가 흘러나와 흙바닥을 적셨다. 예준은 소리가 새어 나갈까 입술을 꽉 깨물었다. 달걀에서 풍기는 냄새가 말도 못하게 끔찍했다.

살균 처리기가 있었는지 확인할 새도 없이 예준은 창고에서 나왔다. 아래쪽을 내려다보니 나무집에 불이 켜져 있었다. 혹시 농장주와 마주치기라도 한다면 큰일이었다. 예준은 허리를 반쯤 구부린 채로 살금살금 내려왔다. 나무집에서 문이 열리지는 않았다. 고양이처럼 재빠르게 내려온 예준은 그 길로 공터를 빠져나갔다.

'남가네 농장' 간판을 지나친 다음에는 있는 힘껏 흙길을 내달렸다. 멀리서 버스의 엔진 소리가 가까워져 왔다. 어디로 가는지는 모르지만 예준은 일단 안전한 버스에 올라타고 싶었다. 예준은 버스 앞을 막고 두 손으로 크게 휘저었다. 버스가 경적을 몇 번 울리다가 급정거했다. 예준이 앞문으로 뛰어가서 다급히 두드렸다.

"헉헉. 감사합니다."

"학생! 방금 얼마나 위험했는지 알아? 자칫하면 큰 사고가 날 뻔했다고. 정류장이 아닌 데서 타면 안 돼!"

문이 열리자마자 버스 기사가 호통쳤다. 예준은 도망자처럼 황급히 버스 안으로 들어가 맨 끝자리에 앉았다. 승객은 아무도 없었다. 온몸에 긴장이 풀리면서 속에서 뜨거운 것이 올라왔다. 눈물이 예준의 뺨을 타고 흘러내렸다.

더 나은 사람이 되고 싶었는데 결과는 더 나쁜 인간이 되어 가는 중이었다. 재동고에 가고 싶다는 목표가 도둑질로 이어졌고, 공모전에서 우승하고 싶다는 바람이 하나뿐인 친구와의 관계를 틀어지게 했고, 상금으로 당당하게 포니쿠키를 사 먹겠다는 욕심이 결과적으로 전교생이 썩은 달걀로 만들어진 달걀빵을 먹게 만들었다.

소진이 보고 싶었다. 급식 공모전에서 나온 식품을 먹으면 늘 배탈이 났었다는 소진을 붙잡고 오늘 본 것에 대해 속 시원히 털고 싶었다. 소진은 멀리 있고 예준은 여전히 혼자다. 혼자도 익숙해져 괜찮다 생각했는데, 사실은 애써 견디고 있었다. 예준은 고개를 숙이고 인정했다. 외로움은 익숙해지는 게 아니었다. 그저 견딜 뿐이었다.

버스가 덜커덩거리며 흙길을 달렸다. 예준은 후드를 뒤집어쓴 채 숨죽여 흐느꼈다. 버스 안에서만큼은 마음 놓고 울기로 했다.

빨간 자국

"예준아, 일어나서 뭐 좀 먹어. 어제 밤샜어?"

"몇 신데?"

예준의 목소리가 갈라져 나왔다. 창을 가린 커튼 때문에 시간이 얼마나 지났는지 알 수 없었다. 아빠가 걱정스러운 눈으로 침대에 누워 있는 예준을 살폈다.

"벌써 네 시가 넘었어. 라면 끓였으니까 불기 전에 먹자. 여태 잤는데 배고프지도 않아?"

예준은 벌떡 일어났다. 아빠는 예준이 새벽에 나갔다 온 줄은 꿈에도 모르는 듯했다. 차라리 다행이었다. 예준은 집에 오자마자 곧장 쓰러져 잠들었다. 주말에 공부할 부분을 정해 두었지만 기력이 바닥난 상태였다. 아빠가 깨우지 않았다면 온종일 잠만 잤을 터였다.

예준은 터덜터덜 걸어 식탁 의자에 비뚜름히 앉았다. 김이 모락모락 나는 양은 냄비를 보니 갑작스레 식욕이 돌았다. 예준은 젓가락을 들어 허겁지겁 라면을 건져 먹었다.

"자, 먹어. 반숙이야."

아빠가 숟가락으로 달걀을 건져 내밀었다.

"무슨 달걀이야! 안 먹어."

"왜 신경질이냐? 요새 해쓱하길래 좀 먹으라고 풀었는데."

아빠는 머쓱한 표정으로 달걀을 도로 냄비에 내려놨다. 예준은 아빠에게 소리친 게 뒤늦게 무안해졌다. 아빠가 잘못한 건 없었다.

"그냥. 별로 안 당겨서. 아빠 먹어. 오늘은 국밥집 안 나가?"

"쉬는 날이야. 한 달에 한 번은 쉬려고. 아빠 열두 시 넘어서 일어났는데 아직 자더라. 그동안 고단했지? 오늘 하루는 좀 쉬어. 공모전 준비한다고 할 때부터 잠도 못 자더니 더 말랐어."

"공모전은 진작 끝났지. 결과도 다 나왔어."

"그래? 어떻게 됐는데?"

아빠가 잔뜩 기대하는 얼굴로 거듭 물었다.

"우승."

"넌 서운하게 그런 좋은 소식을 이제 말하냐? 지금 라면이나 먹을 게 아니었네. 저녁에 외식하자. 아빠가 한우 쏜다! 하하하. 거봐, 내가 뭐랬어. 아빠가 열심히 사니까 딸도 이렇게 잘되잖아."

예준은 가슴이 꽉 막혀서 젓가락을 내려놓았다. 아빠가 라면을 먹다 말고 예준을 쳐다봤다.

"왜? 벌써 그만 먹으려고?"

"아니. 먹을 거야."

예준은 물을 한 모금 마셨다. 모든 진실을 알아도 이렇게 기뻐해 줄까. 아빠가 애써 거절한 달걀이 예준 때문에 대규모로 학교에 납품될 예정이라는 것을 알아도 말이다. 여전히 달걀에 대해서는 의문투성이였다. 매사 철저한 교장 선생님이 하필 그 농장주를 고른 것도 이해가 되지 않았다. 썩은 달걀을 보지는 못했던 걸까. 교장 선생님과 친척이라던 슬후가 어디까지 진실을 알고 있을지도 궁금했다. 예준은 국물에 떠 있는 노른자를 물끄러미 바라보다가 전날 밤 아빠와의 대화를 기억해 냈다.

"아빠, 어제 그 말 기억나? 무슨 불량 달걀 얘기했던 거."

"어어. 그랬지."

아빠가 얼버무렸다. 역시나 술 때문에 제대로 기억나지 않는 것 같았다. 상관없었다. 예준에게는 결정적인 정보가 필요했다.

"그 달걀 업체, 이름이 뭐야?"

예준이 크게 관심 없다는 듯 라면을 한 젓가락 들며 물었다.

"그건 왜?"

"나중에 마트에서 살 때 피하려고. 혹시 모르잖아. 몰래 유통될지."

견학을 다녀온 닭 농장의 달걀이 맞는지 확인하고 싶다며 예준이 사실대로 말했다가는 아빠가 길길이 날뛸 게 분명했다. 그전에 진실을 먼저 알고 싶었다. 이 일은 예준의 문제였다.

"명함 받았는데 몰라. 저기 쓰레기통에 버렸어. 근데 마트에 유통되지는 못할 거야. 분식집이나 식당 같은 데다 몰래 넘기려 들겠지. 양심적인 업주라면 피할 거고. 근데 너 진짜 달걀 안 먹어?"

196

"응, 안 먹어."

예준의 대답이 떨어지기가 무섭게 아빠가 달걀을 호로록 건져 먹었다. 아빠는 다 먹은 냄비에 젓가락과 그릇을 담아 개수대로 들고 갔다. 아빠가 치우는 동안 예준은 물티슈로 식탁을 닦았다. 다 쓴 물티슈를 버리기 위해 쓰레기통을 열었더니 쿰쿰한 냄새가 올라왔다. 수프 봉지 아래에 얼핏 구겨진 종이 쪼가리가 보였다. '남가네 농장'이라는 노란색 명함이 쓰레기들과 함께 섞여 있었다. 방금 먹었던 면발이 위장에서 한데 뭉쳐지는 것만 같았다.

예준은 슬후에게 잠깐 보자고 문자를 보냈다. 오 분쯤 지나자 답장이 왔다.

무슨 일이야?

만나서 말할게. 언제 시간 돼?

지금 학원. 일곱 시에 끝나.

그럼 맞춰서 학원 근처로 갈게.
오래 안 걸려.

예준은 문자를 보내고 나서 설거지하는 아빠에게 다가 갔다.

"외식은 다음에 해. 나 오늘 저녁에 급히 친구 만나야 해."

"친구 누구? 공모전 하면서 사귄 친구야?"

"응. 나 이제 공부하러 간다."

방으로 향하는 예준의 등 뒤로 하나뿐인 딸이 정나미 가 없다느니, 아빠가 늙어 서럽다느니 하는 푸념 섞인 혼 잣말이 들려왔다.

예준은 인터넷 강의를 틀었다. 도무지 집중되지 않았 다. 일시 정지한 후 검색창에 닭 농장을 입력했다. 다시 강의를 몰입해 듣다가 또 정지해 놓고 학교 급식과 달걀 을 검색했다. 결국 포털 사이트를 끄고 강의를 전체 화면 으로 돌렸다.

교장 선생님이 불량 달걀을 모를 리 없었다. 백 번을 생각해도 같은 결론에 이르렀다. 교장 선생님은 예준의 성적이 상위 몇 프로인지도 알았다. 그토록 기억력이 좋 고 꼼꼼한 성격이라면 그날 농장에서 달걀 상태가 어떤 지 확인하고도 남았을 터였다. 교장 선생님은 농장주와 한 팀으로 행동했다.

예준은 학교 홈페이지에 접속했다. 작년 급식 공모전 수상자인 양파주스 팀의 양파 농장 방문기가 아직 게시판에 남아 있었다. 예준은 게시물을 클릭해 사진을 샅샅이 살폈다. 환하게 웃는 세 명의 학생 중 제일 오른쪽에 슬후 누나가 보였다.

학생들 뒤로 양파 농장의 간판이 작게 보였다. 예준은 양파 농장을 검색해 당시 뉴스를 훑었다. 상위에는 양파의 효능에 관한 뉴스만 잔뜩 보였다. 한참 드래그를 하며 내리는데 장마철 피해 농가를 취재한 기사가 있었다. 예준은 제목을 클릭했다. 기사와 함께 양파 농장을 배경으로 한 사진이 떴다. 예준은 기사를 꼼꼼히 읽어 내려갔다. 농장주의 인터뷰가 있었다.

'물러서 상품 가치가 없어진 양파들을 어떻게 처리할지 막막합니다. 버리자니 아깝습니다.'

기사가 작성된 날짜를 봤다. 학생들이 양파 농장을 방문하기 전이었다. 그 많은 양파는 다 어디로 갔을까. 예준은 어렴풋이 짐작이 갔다.

교장 선생님과 슬후 누나를 차례로 떠올렸다. 예준의 머릿속에서 거대한 그림의 윤곽이 잡혀 갔다. 두 사람을 공통적으로 아는 사람은 슬후다. 그림을 또렷하게 보려면 슬후와 이야기해야 했다.

시간이 됐다. 예준은 끝내 한 시간짜리 강의를 다 보지 못한 채 컴퓨터를 껐다. 바닥에 벗어 던졌던 옷을 다시 챙겨 입고 밖으로 나갔다. 슬후와 만날 장소는 아빠의 국밥집이 있는 상가였다. 그 상가 건물에 슬후 누나의 얼굴을 홍보 포스터로 만든 학원이 있었다. 슬후도 같은 학원을 다녔다.

도착하니 일곱 시가 조금 넘었다. 상가 앞을 서성이던 슬후가 예준을 보고 손을 들었다. 오가는 아이들이 슬쩍슬쩍 쳐다봤다.

"공모전 끝났잖아. 무슨 일이야?"

슬후가 먼저 인사했다.

"넌 어디까지 알고 있나 해서."

"뭘?"

"교장 선생님하고 친척이니까. 여러모로 아는 게 많을 것 같아서."

슬후는 콧잔등을 찡긋하며 긁었다. 잘생긴 얼굴도 상황에 따라 밉상이 됐다. 지금 슬후의 표정이 그랬다.

"친척은 맞아. 그거 확인하려고 여기까지 왔어?"

슬후의 말투가 퉁명스러웠다. 엘리베이터에서 나온 여

자애들이 슬후와 예준을 번갈아 보며 지나쳤다. 학생들이 모두 빠져나가고 예준이 입을 열었다.

"우리 달걀빵에 쓰기로 한 달걀 말이야. 썩은 게 꽤 있던데. 농장이 그런 곳인지 넌 알고 있었어?"

"뭔 소리야. 이상한 소문 들은 거면 무시해."

"내가 봤어. 오늘 새벽 농장에 가서 내 눈으로 직접 보고 왔다고."

결국 말했다. 예준은 슬후의 반응을 초조한 마음으로 기다렸다.

"거기까지 다시 다녀왔다고? 대단하네. 이제 시간 많은가 봐?"

슬후가 팔짱을 끼고 느릿하게 말했다. 비꼬는 말투에서 날 선 경계심이 느껴졌다. 예준은 자신의 예상이 맞았다는 확신이 들었다. 분명 슬후는 모두 다 알고 있었다. 흐리게 윤곽만 보이는 그림의 실체를 자세히 들여다볼 수 있는 시간이 점차 다가왔다.

"공모전에서 왜 달걀로 하자고 했던 거야?"

예준이 숨을 참으며 물었다.

"말했잖아. 승률이 높다고. 달걀 말고 다른 걸로 했다면 절대 우승 못 했어."

슬후가 되받아쳤다. 예준은 슬후의 말을 담담히 들었다. 무슨 자신감으로 저리도 당당한지 궁금했다. 이면에 분명 근거가 숨어 있었다. 예준이 슬후에게 한발 다가섰다.

"작년에 어떤 양파 농장에서 장마 때문에 농사를 망쳤고 결국 양파는 하나도 팔지 못하게 됐어. 얼마 후 재동중에서 급식 공모전이 열렸고 공교롭게도 양파가 우승했지. 우승한 팀은 양파 농장에 방문해서 농장주랑 사진을 찍었어. 급식에서 양파주스가 제공되던 시기에 많은 학생이 평소보다 자주 화장실에 들락거렸어. 유명한 사건이었지. 너도 누나가 우승해서 잘 알겠지만."

긴말을 마치고 예준이 슬후를 바라봤다. 슬후는 당황하거나 화내는 기색을 보이지 않았다. 짝다리를 짚고 삐딱하게 서 있었다.

"그래서?"

"본격적인 이야기는 지금부터야. 잘 들어. 올해 어떤 닭 농장에서 상품으로 팔지 못하는 달걀이 대량으로 생겨났어. 얼마 뒤 재동중에서 급식 공모전이 열렸지. 달걀 팀이 우승했고 특전으로 달걀 팀은 닭 농장에 견학을 갔어. 물론 기념 사진도 찍었고. 여기까지 마치 복사한 것처럼 순서가 똑같지? 누군가는 처음부터 달걀 팀이 우승할 거라고 예언하듯 말했어. 자료도 풍부하게 가지고 있었고. 준비 기간이 빠듯했는데도 말이야."

예준은 그동안 자신의 노력 부족이라고만 여겼다. 슬후보다 배경도, 인기도 좋지 못한 상황이라 더 열심히 준비하려고 노력했다. 하지만 슬후의 여유가 실은 우승을 보장받았다는 데서 기인한 자신감이었다. 발표 때 교장선생님의 질문에 막힘없이 술술 대답하던 슬후의 모습이 아직도 예준에게는 선했다. 급식 공모전에 어떤 식재료가 채택될지 이미 내정됐던 거라면 앞뒤가 맞았다. 여기까지가 예준이 추리한 근거의 윤곽이었다.

"왜 나랑 공모전 같이 하자고 한 거야?"

예준은 합당한 이유가 필요했다.

"역시 전교 일등. 머리 잘 돌아가네. 아닌 말로 전교권 우등생이랑 전교 회장이 있는 팀이 우승해야 자연스럽잖아. 실제로 우리가 잘하기도 했고."

"날 이용한 거네."

예준의 입술이 떨렸다. 부지런히 학생들을 실어 나르던 엘리베이터가 일층에서 멈춘 채 움직이지 않았다. 슬후가 내키지 않는다는 듯 입맛을 다셨다. 숙인 채 바닥을 바라보다가 턱을 매만지더니 다시 고개를 들었다. 슬후는 다정하게 예준을 불렀다.

"유예준, 우리는 한 팀이야."

슬후의 표정이 한결 부드러워졌다.

"우리는 원하는 걸 모두 이뤘다고. 응?"

"넌 진실을 다 알고 있었고 난 전혀 몰랐는데, 그래도
한 팀이라고 할 수 있어?"

예준이 따지듯이 물었다.

"그래. 난 다 알고 있었어. 네가 포니쿠키를 훔친다는
것도."

슬후의 말에 예준은 머릿속이 텅 비었다. 슬후의 입꼬
리가 슬며시 올라갔다.

"어떻게 알았냐고? 우리 엄마가 포니제과점 단골이시
잖아. 거기 사장님이 그러더래. 종종 쿠키가 빈다고. 참,
저번에 희서도 얘기해 줬어. 네가 포니제과점에서 부리
나케 나와서는 쿠키를 입에 쑤셔 넣더래. 계산하는 것도
못 봤는데. 희서는 걱정 마. 정직한 애라 네가 쿠키를 훔
칠 만한 성격은 안 된다고 말해 줬으니까. 아마도 잘못
봤을 거라 했어. 가방에 포니쿠키를 상자째로 갖고 다니
길래 어지간히 좋아한다 싶었는데 역시 이상했어."

아무도 모를 줄 알았다. 철저히 숨겨 왔다고 생각했다.

그런데 슬후가 다 알면서도 모른 척했다는 게 충격이었다. 예준은 슬후와 가까워진 게 후회됐다. 엄마의 애정을 갈구하는 모습에 남들이 모르는 여린 구석이 있다고 여겼다. 방심했다. 슬후는 칼을 갈고 있었다. 궁지에 몰린 슬후는 예준 앞에 무기를 내밀었다.

예준은 입술이 바짝 탔다. 처음에는 배신감이 들어 치가 떨렸고, 다음에는 보기 좋게 당했다는 생각에 부끄러워 자책했다. 예준이 올려다보지도 못할 만큼 슬후는 드높아 보였다.

"열심히만 해서는 원하는 걸 얻지 못해. 너도 그건 알잖아. 아무리 발버둥 쳐도 노력에는 한계가 있는걸. 마침 교장 선생님이 달걀로 공모전을 해 보면 어떻겠느냐고 제안하시더라? 불량 달걀이 있다는 건 네 말 듣고 지금 알았어. 그건 믿어 줘. 안 믿는다 해도 별수 없고. 근데 처음부터 우리는 몰랐잖아. 그럼 그 사람들 잘못이지, 우리 잘못이 아니야. 몰랐는데 무슨 잘못이 있겠어? 우리는 재동고에 입학할 거야. 그때까지 우리는 한 팀이야. 목표가 같으니까."

슬후가 예준을 달래듯 조곤조곤 말했다. 그러고는 한 걸음 성큼 다가와 속삭였다.

"이제는 약점까지 공유했지."

패를 완전히 가져간 자의 목소리였다. 차분히 흘러가는 물결에서 바늘 같은 날카로운 것이 튀어나와 예준의 가슴을 쑤셔댔다.

"할 말 다 했지? 나 먼저 갈게. 내일 학교에서 보자."

슬후가 가벼운 걸음으로 예준을 지나쳤다. 예준은 버려진 껌처럼 바닥에 붙은 느낌이었다. 비리가 사실일지 언정 할 수 있는 일은 아무것도 없었다. 슬후는 예준의 아킬레스건을 손에 꽉 쥐고 있었다.

슬후의 말대로 아무 말 없이 지나가면 아무 일도 일어나지 않는다. 슬후와 예준은 상금을 받고 재동고에 안전하게 입학할 수 있다. 슬후 누나처럼 우수생 사례가 되는 일만 남아 있다. 세상의 더러운 면을 잠시 못 본 셈 치면 된다. 어차피 재동중 학생들은 닭장 속 닭들처럼 주기적으로 바뀌게 되어 있다.

슬후의 논리는 일면 타당하다. 노력만으로 원하는 걸 이룬다는 건 하늘의 별 따기다. 예준이 어려워하는 수학 문제도 학원에서 고등학교 선행 학습을 마친 아이들은 아주 쉽게 풀었고, 예준이 밤새 만든 미술 수행 평가는 따로 미술 과외를 받은 아이가 내놓은 작품 앞에서 초라

해졌다.

하지만 아무 말도 하지 않으면 아무 일도 일어나지 않는다. 버스가 정해진 노선대로 빙빙 돌듯 같은 일이 반복될 것이다. 재동중 학생들이 불량 급식으로 매년 배탈이 나면서도 재동고 입학을 꿈꾸며 고개를 처박고 공부하듯 말이다. 그동안 세상이 어떻게 흘러가는지, 자기도 모르는 새에 몸속에 나쁜 음식이 얼마나 위장에 쌓이는지 모르는 채로.

"이제 이렇게는 못 살겠어."

작은 목소리였는데도 슬후가 곧장 예준을 돌아봤다.

"난 알릴 거야. 어디에든."

작지만 강한 말이었다. 예준은 괴로운 양심을 견디며 살고 싶지 않았다. 재동고에 입학한들 학교 다니는 내내 가책을 느끼며 짓눌려 살 게 뻔했다. 떳떳하지 못했던 모습을 떠올리면서 수없이 후회하고 스스로를 원망할 터였다. 예준은 같은 짓을 되풀이하며 일상을 망가뜨리고 싶지 않았다.

슬후가 빠른 걸음으로 다가와 예준의 코앞에 섰다.

"알리지 마."

슬후의 눈동자가 흔들렸다. 예준은 슬후를 바로 보며

이야기했다.

"공모전 우승은 우리 힘으로 한 게 아니야. 그럼 우리 것도 아니지. 결코 당당할 수가 없어. 혜택을 누릴 때마다 우리는 고개를 숙이게 될 거야. 우리랑 일면식 없는 애들이 우리로 인해 아프고 피해를 볼 때마다 두고두고 미안해하며 살아가겠지. 우리가 속였으니까. 지금이 아니면 미안하다고 말할 기회도 영영 놓칠 거야. 그러니까 알려야 해. 기회가 있을 때. 이건 아니야. 너도 앞으로 힘들 거야."

그동안 습관적인 절도가 잘못인 줄 알면서도 굴레를 끊어 내지 못한 건 예준이 스스로 제어할 힘을 잃었기 때문이었다. 그래서 자기 자신을 중독에서 구하지 못한 것이다. 여기서 또 다른 굴레를 눈감고 덮어쓰는 건 올가미를 자기 손으로 뒤집어쓰는 것과 다를 바 없다. 그런 삶의 결과는 안 봐도 눈에 훤했다.

"안 돼. 난 이번 급식 공모전에 최선을 다했어. 네가 알리면 나도 포니제과점 사장한테 가서 다 말할 거야."

"지금 협박하는 거야?"

"협박이든 뭐든 네 선택에 따라 달렸어."

슬후의 말에 예준은 뒷덜미가 뻣뻣해졌다. 그래도 결

정에는 변함없었다.

"맘대로 해."

"뭐라고?"

"네가 하고 싶은 대로 다 하라고."

"그래? 후회 안 하지?"

슬후가 다짜고짜 예준의 손목을 잡았다. 예준은 뿌리치려고 했지만 뜻대로 되지 않았다. 도저히 슬후의 손아귀에서 벗어날 수가 없었다.

"뭐 하는 거야? 이거 놔!"

"네가 맘대로 하라며."

슬후는 예준을 무지막지하게 끌고 갔다. 예준은 두려웠다. 몇 번이고 슬후에게서 벗어나려고 버둥댔지만 허사였다. 예준은 거의 질질 끌려가다시피 따랐다. 구름 사이 달빛이 희미하게 비쳤다. 슬후는 흐린 어둠 속을 헤치며 저벅저벅 걸어갔다. 어느덧 두 사람이 잘 알고 있는 장소와 가까워졌다.

포니제과점이었다. 저녁때가 훌쩍 지나 손님은 거의 없었다. 사냥감을 산 채로 사로잡아 위풍당당한 사냥꾼처럼, 슬후는 예준의 손목을 꽉 붙잡고 포니제과점으로 들어갔다. 문이 열렸는데도 사장은 쿠키 상자들의 열을 맞추느라 돌아보지 않았다.

"어서 오세요. 이제 곧 닫을 시간이니까 서둘러 골라
주세요."

"사장님, 제가 잡아 왔어요. 얘가 범인이에요."

슬후가 손을 풀었다. 얼마나 세게 잡았는지 예준의 왼
쪽 손목에 슬후의 손자국이 빨갛게 남았다. 포니제과점
사장이 비슷하게 쓴 모자를 바로 썼다. 잠시 침묵이 흘렀
다. 사장은 두 사람을 가만히 바라보고 있다가 문에 걸린
팻말을 '내일 만나요.'로 돌렸다. 곧 사장은 예준과 슬후
앞에 섰다.

드러난 바닥

"왜 말이 없어? 얼른 말해. 네가 그랬다고."

슬후가 예준의 팔을 쳤다. 예준이 멍한 눈으로 슬후를 바라봤다. 슬후의 눈빛이 바람 앞의 촛불처럼 불안하게 흔들렸다.

감추고 싶었던 진실을 슬후가 가차 없이 눈앞에 던졌다. '범인'이라는 말을 들은 다음부터 예준의 의식은 아득한 곳으로 도망쳤다. 슬후가 사장에게 뭔가를 말하는 동안 예준은 빈껍데기만 남은 사람처럼 아무것도 듣지 못했다. 할 수만 있다면 이대로 떠나서 영영 돌아오고 싶지 않다는 염원이 머릿속을 지배했다.

그러나 달아나는 예준의 의식을 슬후가 붙잡아 끌고

왔다. 기껏 잡은 사냥감 앞에서 어찌해야 할 바를 모르는 사냥꾼의 표정을 짓고 있었다. 자신만만해하던 전교 회장은 어디 가고 조급해하는 어린아이만 남았다.

"유리닭이, 얘 말이 진짜야?"

포니제과점 사장이 특유의 저음으로 넌지시 물었다. 예준은 바닥으로 시선을 떨궜다. 예준은 지금 세상에서 고개를 드는 일이 제일 버거운 사람이 되었다. 슬후가 아까 사장에게 뭐라고 했는지도 잘 듣지 못해 선뜻 대답하기가 곤란했지만 기억을 더듬어 슬후가 한 말을 떠올렸다.

예준은 그동안 품고 다녔던 비밀을 무겁게 꺼냈다.

"제가 훔쳤어요."

예준은 그토록 외면하고 싶었던 나약함을 꼼짝없이 받아들였다. 납덩이 같은 것이 가슴에서 쑥 빠져나왔다. 몸이 점차 종잇장처럼 가벼워졌다. 너무 가벼워져서 휘청 넘어질 것 같았다. 예준은 옆에 있는 서랍장을 붙들었다.

세 사람 사이에 또다시 침묵이 내려앉았다. 슬후의 더운 숨소리만 포니제과점 안을 산만하게 떠다녔다. 슬후는 땀까지 흘리고 있었다.

"우리 가게에 쿠키 상자가 비는 건 어떻게 알았어?"

한참을 가만히 있던 포니제과점 사장이 슬후를 향해

입을 열었다. 당연히 예준에게 먼저 따질 줄 알았는데 의외였다.

"엄마가 알려 주셨어요. 저희 엄마가 여기 단골이시거든요."

슬후가 호기로이 대답했다. 포니제과점 사장이 슬후의 얼굴을 찬찬히 뜯어봤다.

"그분? 자세히 보니 알겠다. 아들도 있었구나. 딸이 좋아한다고 자주 사러 오셨는데. 넌 우리 집 포니쿠키 별로 안 좋아하나 보다. 네 얘기는 안 하셨거든. 딸 얘기만 하셔서 몰랐지."

사장의 말에 슬후의 뺨이 살짝 붉어졌다. 투명인간이 되지 않기 위해 부단히 발버둥질하는 슬후의 아픈 마음을 사장이 무심히도 찔렀다.

"그럼 단골 손님 아들, 너도 공범인가?"

"네?"

"알면서도 모른 척했던 거잖아."

"아니에요. 저도 방금 알았어요. 그동안은 짐작만 했다고요."

슬후가 사장에게서 한 걸음 물러섰다. 예준은 머리를 떨구고 사장과 슬후가 나누는 대화를 잠자코 들었다.

"공범 맞는데. 저번에 얘가 우리 가게 들어왔을 때 네가 멀리 지켜보고 있는 거 봤어. 시시티브이에도 찍혔을걸? 모델같이 멀끔히 큰 애가 계속 서 있어서 기억나. 쟤는 왜 밖에서 저러고 있나 했지."

슬후가 진작 알았으면서 조용히 사실을 간직하고 있었다는 사실에 예준은 뒷골이 얼얼했다. 어디서 듣고 추리한 게 아니라 본인이 직접 눈으로 보고 사실 확인을 마친 상태였다. 키를 쥐고 유유히 행동하는 모습이 과연 슬후다웠다. 치밀하면서도 치사했다.

"나도 얘가 슬쩍하는 거 알고 있었어. 근데 너도 아는 눈치더라. 계속 지켜보다가 얘가 밖으로 나가려고 하니까 사라지던데. 맞지?"

"저는 왜 엮어요! 제가 훔친 것도 아닌데."

슬후가 억울하다는 듯 소리쳤다.

"알고서도 입을 다물었잖아. 안 되겠다. 너희 어머니랑 얘기 좀 해 봐야지."

"씨, 저 공범 아니에요. 아니라고요!"

슬후가 소리 지르며 서랍장을 발로 찼다. 서랍장 위에 진열되어 있던 포니쿠키 상자들이 우르르 떨어졌다. 슬후의 스마트폰에서 진동이 울렸다. 발신자 번호를 확인한 슬후가 서둘러 통화 버튼을 누르려다가 그만 스마트폰을 떨어뜨렸다. 한순간에 화면 한가운데로 금이 생겼다. 스마트폰을 허둥지둥 주우며 슬후가 냉큼 전화를 받았다.

"네, 엄마! 지금 집에 가고 있어요. 늦냐고요? 아니, 별일 없어요."

슬후는 사장의 눈치를 보면서 포니제과점 문을 열고 나갔다. 밖에서 통화를 이어 가던 슬후는 포니제과점 안쪽을 몇 번 더 흘깃대다가 발걸음을 슬슬 옮기더니 뒤돌아보지 않고 그대로 떠났다. 제멋대로 도둑을 잡았다며 끌고 올 때는 언제고 막상 궁지에 몰리니 잽싸게 도망가는 뒷모습이 한없이 가벼워 보였다. 사장은 슬후를 쫓아가는 대신 뒷모습만 쳐다봤다.

"한심한 놈. 허우대만 멀쩡하면 뭐 하나. 쯧쯧."

사장이 혀를 차며 포니쿠키 상자를 주워 담았다. 예준은 사장을 물끄러미 바라봤다. 땡땡한 모자가 넙데데한 얼굴에는 너무나도 작아 보였다.

"보고만 있을 거야?"

사장이 포니쿠키 상자를 모으며 예준에게 물었다. 예준은 황급히 서랍장 위에 상자들을 올렸다. 귀중품을 다

루듯 누구보다 조심스럽게 옮겼다. 다 치우고 나면 사장이 무슨 말을 할까. 사장은 이미 알고 있었다니. 어쩌면 포니쿠키 상자처럼 그동안 할 말을 켜켜이 쌓아 놓았을지도 모른다.

혼자서는 도저히 답이 나오지 않는 질문들이 예준의 마음속에서 피어올랐다. 꽁꽁 잘 숨긴 줄 알았는데 사장과 슬후, 그리고 희서에게까지 들켰다. 다들 어떻게 알아냈을까. 예준이 허술한 탓이었을까. 좋든 싫든, 관심 안에 들어와 있다면 알 수밖에 없는 걸까. 어쨌든 예준은 사장이 어떤 말을 하든지 간에 너덜너덜한 양심으로 받아들여야 했다.

마지막 상자를 툭툭 털어 내고 서랍장 위에 차곡히 올려 두었다. 사장과 이제 둘뿐이었다. 예준은 입 안이 바싹 말랐다. 사장은 포니쿠키 상표가 잘 보이도록 열을 맞추고 있었다. 사장이 슬후 정도는 가뿐히 날렸으니 이제 예준의 차례였다. 알 수 없는 위압감에 예준은 얼어붙었다.

"우리 가게에서 사라진 포니쿠키 상자 개수, 내가 다 세고 있었어. 새벽마다 청소한 건 별개야. 훔친 포니쿠키 값으로 퉁칠 생각은 추호도 하지 마."

예준이 고개를 들었다가 사장과 눈이 마주쳤다. 사장

은 예준의 눈동자 너머에 있는 진실을 헤집는 듯했다. 예준은 배 속이 뜨거워졌다. 마음의 준비를 단단히 해도 사장 앞에서 당당할 수 없었다. 하지만 그저 알겠다는 대답으로 끝내고 싶지는 않았다.

"어떻게 아셨어요?"

어렵사리 말을 꺼냈다. 어떻게 알았냐고 묻는 게 첫말이라니 예준은 얼굴이 뜨거워졌다.

"어떻게 몰라? 포니쿠키가 사라진 다음 날이면 유독 매장 앞이 깨끗한데. 가게 밖에도 시시티브이 있어."

사장은 진열대를 모두 정리하고는 계산대로 갔다. 계산대 뒤쪽 벽면에는 하트 모양의 인형 열쇠고리가 못에 걸려 있었다. 그런데 자세히 보니, 인형 아래쪽에 '포니제과점'이라는 삐뚤빼뚤한 글씨체가 보였다. 하트 모양의 인형 열쇠고리는 누군가 분실한 게 아니었다.

"그때 저 열쇠고리……."

"내 거야. 원래 여기 있었잖아. 몰랐어?"

사장이 뺀질뺀질한 눈빛으로 대답했다. 예준이 포니쿠키 한 상자를 한꺼번에 먹고 토한 날, 사장이 예준을 끈질기게 따라와 네 거냐고 물었던 하트 모양의 인형 열쇠고리는 처음부터 사장의 물건이었다.

"그럼 그날은……."

"제대로 묻고 싶었는데 마음이 바뀌어서 그냥 돌아갔어. 자, 여기 네 전화번호랑 네 부모님 것도 적어."

사장이 작은 종이와 펜을 예준에게 내밀었다. 예준은 조용히 숨을 들이마셨다. 아빠가 진실을 아는 순간까지는 상상조차 하고 싶지 않았다. 하지만 부모님 전화번호까지 적어야 하냐는 말은 끝내 나오지 않았다. 입이 백 개라도 변명의 여지가 없었다. 너무 맛있어서 저도 모르게 그랬어요. 아빠 혼자 저를 키우시는데 용돈이 턱없이 부족해서 어쩔 수 없었어요. 훔칠 때마다 자책하며 대신 청소도 열심히 했잖아요. 다 소용없었다. 지금은 무슨 말을 뱉든 정당한 이유가 되지 않았다.

예준은 꼼짝없이 종이와 펜을 받아 들었다. 한 손으로 구겨도 될 만큼 작은 종이에 아빠와 예준의 전화번호를 나란히 적었다. 사장은 예준이 적은 내용을 쓱 보더니 종이를 한 번 접어 주머니에 쑤셔 넣었다.

"왜 그동안 가만히 계셨어요? 제가 범인인 거 아셨다면서요. 근데 왜 그냥 보고만 계셨던 건데요?"

끝났다. 곧 아빠 귀에도 들어갈 테고 슬후 때문에 주변에도 알려질 것이다. 생활기록부에 '도벽 있음'이라고 적히는 상상이 스쳐 지나갔다. 예준은 따질 주제가 되지 않는다는 걸 알면서도 괜스레 따지듯이 물었다. 알았으면 바로 따끔하게 혼낼 것이지. 그랬다면 이 미친 짓을 진작 멈췄을 텐데. 내가 이토록 오랫동안 힘들어하지도 않았을 텐데. 때맞춰 확실히 엿 먹이려고 호시탐탐 노렸던 건가. 탓하고 싶은 온갖 못난 마음이 예준의 입 안에서 튀어나올 듯 맴돌았다.

"죽을까 봐."

"네?"

"네가 어떻게 될까 봐."

의외의 대답에 예준은 정신이 번쩍 들었다. 사장은 예준을 흘깃 보더니 계산대 모니터를 껐다. 앞치마를 풀어 계산대 아래쪽에 넣고는 뒤쪽 창고에서 대걸레를 꺼내 왔다.

"너 되게 허술한 거 알아? 아까 그 남자애도 알 정돈데 사장인 내가 모를 리 없지. 실은 날 잡고 너한테 물어보려고 했어. 훔치고 청소하고, 이게 뭐 하는 짓이냐고. 급한 대로 구실을 만들려고 열쇠고리를 챙기긴 했다만."

사장이 대걸레로 바닥을 밀었다. 바닥에 난 얼룩들이 걸레질 두어 번 만에 깔끔해졌다. 예준은 방해가 되지 않도록 자리를 피했다. 허술하다는 말이 가슴에 꽂혔다. 칼같고 빈틈없다는 이야기를 들어 왔는데, 살면서 허술하다는 말은 처음이었다. 예준은 사람들에게 완벽히 보이기 위해 갖은 노력을 했다.

"근데 그날 보니, 안 먹으면 죽을 것처럼 먹더라. 덜컥잡아서 시시비비를 가렸다가 혹시라도 네가 잘못되면, 내가 앞으로 사는 데 얼마나 지장이 있겠어. 안 그래?"

사장은 아무렇지 않게 말하면서 매장 한 바퀴를 돌고는 대걸레를 들고 창고로 사라졌다.

예준은 깨끗해진 매장을 둘러봤다. 반질해진 바닥과 정돈된 쿠키 상자와 때 묻은 운동화를 바라봤다. 들킬까봐 초조한 발걸음으로 들락거렸던 숱한 날을 헤아렸다. 남몰래 청소하며 새벽녘에 맞았던 찬 공기와 책상에 얼굴을 파묻고 혼자라는 기분에 잠식되어 가위눌리듯 잠들던 지난날을 떠올렸다. 몸 구석구석 뻗쳐 있던 힘이 빠져나왔다. 예준은 바닥에 주저앉았다. 양팔로 무릎을 껴안고 얼굴을 파묻었다.

누구도 대신 짐을 져 주지 않으니 마땅히 혼자 감수해야 한다고 예준은 여겨 왔다. 자신이 선택했으니 자신의 몫이었다. '나에게는 나밖에 없다.'라는 게 예준의 굳은

신념이었다. 하지만 자신만 보느라 모르는 동안 누군가 함께하고 있다는 사실을 조금만 일찍 알았더라면 어땠을까. 아니, 이제라도 알았으니 다행인가. 묘한 안도감이 예준을 감쌌다. 사장이 돌아왔다.

"잘못은 잘못이야. 넌 아주 고약한 짓을 했어. 그건 네 잘못이 맞아."

"죄송합니다."

예준은 얼굴을 들지 못했다. 사장의 어조는 별 차이가 없었다. 손님들에게 일부러 목소리를 밝게 높인 적도 없었고, 화나는 상황이지만 고성을 지른 적도 없었다. 좀 전에 슬후와 말할 때도 역시 한결같았다. 감정 기복이 거의 없다는 점이 왠지 모르게 예준을 안심시켰다.

예준은 소매에 눈물을 닦고 자리에서 일어났다. 사장은 출입문 옆 벽에 기대어 스마트폰을 만지작거렸다. 눈물이 그칠 때까지 기다려 주는 것 같았다. 예준이 말없이 고개를 숙이며 지나왔다. 코끝이 찡했다.

예준이 포니제과점 밖으로 나오자 사장은 포니제과점 불을 끄고 문을 닫았다.

"감사합니다."

예준은 다시 한번 인사를 했다. 사장은 무심히 문을 잠갔다.

"괜찮다는 거 아니야. 꼭 다 갚아."

"네."

"그럼 난 간다."

사장은 야외 주차장 쪽으로 걸어가더니 하얀색 미니 트럭에 올라탔다. 요란한 엔진 소리를 내며 트럭이 출발했다. 예준은 트럭이 빠져나가는 모습을 지켜보다가 집으로 걸어갔다. 마음속은 아직 뜨거웠지만 기분은 더없이 후련했다. 슬후에게 고마워해야 하나 하는 착각이 아주 잠깐 들었다.

집에 오자마자 예준은 화장실로 직행했다. 거울을 보니 눈이 살짝 부었지만 빨갰던 얼굴은 싹 내려가 있었다. 아빠는 소파에 드러누워 텔레비전을 보는 중이었다.

"배탈 났어? 화장실에 한참 있네."

"아니. 괜찮아."

"저녁은 먹고 왔어?"

"대충."

배에서 꼬르륵 소리가 났다. 예준은 주방 선반에서 컵라면을 꺼내고 전기포트에 물을 데웠다. 아빠가 예준을 보며 짜증을 냈다.

"유예준! 너 저녁 안 먹었지! 친구 만나고 왔다는 애가 왜 컵라면을 끓여! 하루 종일 라면만 먹을 거야?"

"먹고 싶은 걸 어떡해."

"밥도 안 먹고 친구랑 뭐 하다 왔어?"

"얘기가 길어졌어."

전기포트에서 점점 수증기가 올라왔다. 예준은 열심히 물을 데우는 전기포트를 두고 방으로 들어왔다. 잠옷으로 갈아입은 다음, 입었던 옷을 모조리 세탁기 안에 집어넣었다. 오늘 내내 느꼈던 피로와 절망도 동시에 털어 냈다.

주방에 가 보니 물이 끓어 전기포트가 꺼져 있었다. 예준은 팔팔 끓는 물을 컵라면에 부었다. 라면 용기 안에 뜨끈한 국물이 차올랐다. 예준이 컵라면을 들고 식탁으로 오자 아빠가 심각한 표정을 짓고는 맞은편에 앉았다.

"싸우고 온 건 아니지?"

"안 싸웠어. 진짜 얘기만 했어."

"무슨 얘기를 했길래 오래 있었어? 말 좀 해 봐. 아빠한테는 무슨 얘기든 다 해도 돼."

"어떻게 얘기해?"

"응?"

드러내지 않았던 원망이 불쑥 나갔다. 아빠가 당황하

며 쳐다봤다. 평소처럼 절제가 되지 않았다. 예준의 속에서 꺼멓고 울렁이는 것이 미어져 나오려 했다.

"내가 아빠를 잘 모르겠는데 어떻게 내 얘기를 하냐고. 아빠는 힘들어도 다 괜찮다며. 그건 거짓말 아냐? 어떻게 힘든데 괜찮을 수가 있어. 아빠가 맨날 나를 속이는데 내가 어떻게 다 얘기해. 아빠가 괜찮기만 하다면 나도 괜찮아야 하잖아."

그동안은 아빠에 대해 단념했다. 걱정할까 봐 그럴 거야, 나를 위해서 그러는 거겠지, 애써 위안하고 지나갔다. 못 본 척 눌러 뒀던 감정들은 쌓이고 쌓여 곪았다. 이 지경까지 온 게 모두 아빠 때문인 것처럼 예준은 쏟아 냈다.

"아빠는 네가 걱정할까 봐 그랬지."

"솔직히 좀 말해. 그게 왜 날 위해서야. 아빠를 위해서지. 무너지기 싫어서 내 앞에서 괜찮은 척한 거면서."

예준은 앉아 있는 아빠를 뒤로한 채 컵라면을 들고 방으로 들어왔다. 아빠와 입씨름하는 사이 면발이 퉁퉁 불어 용기 안에 가득 찼다. 예준은 젓가락으로 불은 면발을 거칠게 풀었다. 자꾸만 포니제과점에서 있었던 일이 떠올랐다. 예준은 사장으로부터 마음의 빚을 탕감받았다. 처음 느껴 보는 감정이었다. 이상하고 낯설었다. 그런데 그 감정이 무너진 예준을 일으켜 세웠다. 자기 자신을 위해, 이제라도 남을 위해 나서 보라며 독려했다. 예준은 라면을 먹으면서 앞으로 무엇을 해야 할지를 생각했다.

벨벳 커튼 너머

가을 햇살이 창문으로 들어와 길게 드러누웠다. 예준은 깡그리 비워진 식판을 두고 의자에 비스듬히 기대앉았다. 위장 가득 차오르는 포만감에 노곤해졌다.

그날 이후로 사흘이 지났다. 예준은 학교와 집을 오가는 단순한 동선 안에서 공부하고, 먹고, 잠들었다. 포니제과점에서 받았던 충격은 서서히 분해되어 몸으로 흡수됐다. 공모전 때문에 나가떨어졌던 입맛도 차차 돌아왔다.

예준은 앉은 자리에서 얕은 한숨을 쉬었다. 만만치 않은 과제가 두 개나 생겼다. 밀린 포니쿠키 값을 갚는 것도, 썩은 달걀이 학교로 들어오지 못하게 막는 것도 어려웠다. 둘은 서로 대척점에 있었다. 급식 공모전에서 상금을 타면 어느 정도 돈을 갚을 수 있었다. 하지만 상금을 받으면 썩은 달걀을 막을 길이 없었다. 긴 한숨이 나오다가도 해결하고 싶은 열망에 가슴이 뜨거워졌다.

예준은 귀에 끼고 있던 이어폰을 뺐다. 아이들의 시끄러운 소리가 왁 들어왔다. 옆 테이블 끝에 앉은 여자애는 국물이 튀는 줄도 모르고 열심히 숟가락질했다. 건너편에 덩치 큰 남자애는 김치를 깨작거렸다. 식판을 들고 입속으로 반찬을 쏟아붓는 아이도 보였다. 급식을 먹는 모습도, 습관도, 소리도, 모두 달랐다.

급식실에는 매일 수백 명의 아이들이 밥을 먹는다. 그 아이들이 먹는 급식으로 수작을 부린다면 예준은 결코 가만두지 않으리라고 다짐하며 또 다짐했다. 처음에는 스스로에게 하는 결심이었다면, 지금은 학교와 아이들을 위한 약속이었다.

아이들이 급식실에서 거의 다 빠져나갔다. 멀리서 급식 도우미 선생님이 빗자루를 들고 왔다. 예준은 자리에서 일어났다. 배터리를 충전하듯 예준은 지난 사흘간 자신감으로 가득 채우기 위해 노력했다. 오늘은 용기를 낼 시간이다.

모처럼 큰맘 먹고 나가려는데, 영양사 선생님이 흰 가

운을 펄럭이며 달려와 예준 앞을 가로막았다.

"예준 학생! 아직 여기 있었구나. 내일까지 달걀빵 레시피 좀 보내 줘."

"다음 달부터 아니었어요?"

예준이 당황하며 물었다.

"교장 선생님이 달걀 수급 문제 때문에 일정을 앞당긴다고 하셔서 다음 주 상장 수여식 하고, 점심부터 바로 나눠 줄 거야. 갑자기 급해졌어. 이따 학교 끝나고 급식실 들렀다 가."

예준은 경악했다. 아직 어떻게 해야 할지 확정하지 못했는데 앞으로 남은 시간이 촉박해졌다. 예준은 달걀에 관한 일이라면 무조건 뒤로 미루고 싶었다. 오늘은 꼭 해야 할 일도 있었다.

"시간 안 되는데요."

"학교 일보다 더 급한 일이 있어?"

"네, 진짜 중요한 일이에요."

영양사 선생님이 숨을 길게 내쉬며 팔짱을 꼈다. 다른 방도를 생각하는 것 같았다. 예준은 선생님의 대답을 가만히 기다렸다.

"그래. 나도 급히 얘기했으니까 어쩔 수 없지. 일단 내

메일로 레시피 보내줘. 달걀을 홍보하는 대본도 미리 써 놓고. 점심 시간에 방송실에서 너희가 직접 방송하는 거 알지?"

"알겠습니다."

영양사 선생님이 계속 붙잡기 전에 예준은 서둘러 뛰쳐나갔다. 교실로 올라가려다 말고 학교 바깥 뒤편으로 방향을 틀었다. 닭장 근처에는 아무도 없었다. 예준은 닭장 앞에 쭈그려 앉았다. 닭 한 마리가 횃대에 올라서 꾸벅꾸벅 졸았다. 다른 한 마리는 지푸라기에 자리를 잡고 있었다. 그중 몸집이 가장 작은 닭이 철창을 콕콕 쪼아 댔다.

"거기서 나오고 싶지?"

예준의 말을 알아들었는지 작은 닭은 더 세게 철창을 쪼았다. 예준은 농장에서 봤던 철제 케이지 속 닭들이 떠올랐다. 죽을 날만 기다리는 닭들은 벼슬도 휘었고 털도 듬성듬성했다. 닭들이 '폐계'로 불리기 전, 그러니까 아직 달걀을 생산할 만한 능력이 있을 때 낳았던 달걀들은 창고에 산더미처럼 쌓여 있었다. 그 달걀들이 언제부터 방치된 채 처박혀 있었는지 아무도 몰랐다.

여기 있는 닭들도 처량했다. 이곳의 닭들은 닭장을 위

해 존재한다. 나이가 들면 닭장에서 밀려난다. 닭장의 활기와 생기를 책임질 또 다른 닭들이 들어온다. 그런 점에서 닭장은 학교를 닮았다. 재동중은 학생들을 교묘히 이용했다. 학생들이 병드는 동안 학교는 명성을 얻었다.

"또 올게."

예준은 다음을 기약하고 뒤돌아섰다. 무거운 공기가 흐르는 학교 안으로 들어가 곧장 교실을 찾았다. 교실에는 학생들이 반쯤 있었다. 학생들 사이에서 예준은 소진 쪽을 바라봤다. 소진은 자리에 앉아 손거울을 보며 틴트를 바르고 있었다. 예준은 말없이 소진의 자리 앞에 섰다. 너무나도 오랜만이었다. 소진이 벙벙한 얼굴로 예준을 바라봤다.

"네 말이 맞았어."

"갑자기 뭐가?"

"달걀로 하면 안 되는 거였어."

소진은 예준의 말에 대꾸하지 않았다. 뚱한 표정으로 다시 손거울을 들여다봤다. 작은 입술을 앙다문 걸 보니 더는 이야기하고 싶지 않은 듯했다. 그렇다고 여기서 물러난다면 앞으로 소진과 대화할 일은 영영 없을 것이다.

"끝나고 뭐 해?"

"알아서 뭐 하게?"

소진이 틴트 뚜껑을 닫으면서 예준을 보지도 않고 되물었다.

"많이 안 바쁘면 학교 끝나고 만나자. 같이 가고 싶은 데가 있어."

마침 오 교시 수업 선생님이 교실로 들어왔다. 소진의 대답을 듣지 못한 채로 예준은 서둘러 자리로 가 앉았다. 수업이 모두 끝날 때까지 예준은 다시 소진을 찾아가지 않았다. 여태 왕래도 없다가 느닷없이 어디 좀 가자고 불쑥 이야기해서 당황했을지도 몰랐다. 일단은 먼저 말을 꺼냈다는 데에 의미가 있었다.

종례를 마쳤다. 예준은 나가지 않고 자기 자리에서 소진을 기다렸다. 당번을 제외한 반 아이들이 우르르 빠져나갔다. 소진은 미적거리며 일어나 책가방을 메고 복도로 나갔다. 아무래도 단단히 돌아선 모양이었다. 어쩔 수 없었다. 소진의 선택이었다. 가만히 지켜보던 예준이 포기하고 가려는데 복도에서 콩콩거리는 발소리가 다시 가까워졌다. 이윽고 문이 벌컥 열렸다. 소진이었다.

"야, 유예준!"

"크게 안 불러도 다 들려."

예준은 내심 반가웠다. 소진이 발을 구르며 다가왔다.

"너 처음인 거 알아?"

"뭐가?"

"네가 먼저 다가온 거. 처음이라고. 그동안 내가 말 걸기 전까지는 절대로 안 왔잖아."

"내가 그랬나?"

"어! 그랬어!"

소진과 틀어지기 전에는 생각하지 못한 문제였다. 소진이 옆에 있는 게 자연스러웠다. 그동안 소진에게 말을 걸기까지 용기가 필요했던 건 해 본 적이 없어서였다. 왜 전에는 먼저 말을 걸어 볼 생각조차 못했을까. 다른 사람에게 이렇게까지 관심이 없었던 걸까.

"내가 궁금한 건 못 참으니까 온 거지, 아직 화는 다 안 풀렸어."

"알겠어. 얼른 가자."

소진의 말에 예준은 웃으며 함께 교실을 나섰다.

학교에서 나와 교문을 빠져나가는 동안 두 사람 사이에 대화는 없었다. 시원하다 못해 쨍하고 차가운 공기가 예준의 뺨을 조용히 식혔다.

'좋아해 주면 좋겠는데.'

정적이 길어지면서 예준은 긴장이 됐다.

"어디로 가는 건데?"

"가 보면 알아."

둘은 다시 묵묵히 걸었다. 너무나 익숙한 길을 걸어 도착한 곳은 아빠의 국밥집이었다. 예준이 국밥집 앞에 멈춰 섰다.

"우리 아빠가 하는 국밥집이야. 네가 먹을 수 있는 메뉴도 있어."

예준이 소진에게 문을 열어 주며 눈짓했다. 소진의 눈이 동그래졌다. 소진은 국밥집 간판과 외관을 찬찬히 뜯어보다가 안으로 들어갔다. 아빠가 주방에서 고개를 내밀었다.

"왔어?"

"응. 아빠, 내 친구 소진이야. 박소진. 나랑 같은 반."

"안녕하세요."

인사를 받은 아빠가 입을 다물지 못했다. 자신의 입이 반쯤 벌어진 줄도 모르는 눈치였다. 아빠가 적잖이 놀랄 만도 했다. 그간 예준은 국밥집에 친구를 데려온 적이 없었다. 거기다 예준은 사흘간 아빠에게 말을 걸지 않았다. 아빠에게 정리되지 않은 속내를 표현한 게 괜히 창피하기도 했고 당장 코앞에 닥친 걱정거리도 많았다.

"어서 와라! 여기 앉아. 뭐 해 줄까?"

아빠가 정신을 번쩍 차리며 반겼다.

"황태국 해 줘. 얘 생선 좋아해. 달걀은 빼고."

"그래, 편하게들 얘기 나누고 있어."

딸의 친구를 처음 본 아빠는 손을 앞치마에 부지런히 문지르며 주방으로 들어갔다. 아빠의 콧노래 소리가 어렴풋하게 들려왔다. 예준과 소진은 주방에서 제일 멀리 떨어진 테이블에 자리를 잡았다. 소진은 앉으면서 여기저기를 두리번거렸다. 예준이 소진 앞에 수저를 놓아 주었다.

"학교에서 달걀빵 먹을 일은 없을 거야."

"그건 또 무슨 말이야? 공모전에서 무슨 일 생겼어? 우승 철회한대?"

"아니."

"근데 달걀빵을 어떻게 안 먹어?"

소진이 의문스러운 표정으로 물었다.

"암튼 그런 게 있어. 그러니 걱정하지 마."

"야! 너 또 네가 하고 싶은 말만 할 거야? 내가 그동안 얼마나 섭섭했는데. 네가 그러고도 친구야? 어떻게 나한테 말도 안 하냐? 얼른 다 얘기해. 오늘 다 안 하기만 해 봐!"

어찌나 흥분했는지 소진의 입에서 침방울이 튀어나와 테이블 위에 후드득 떨어졌다. 예준은 주방을 슬쩍 봤다. 아빠는 여전히 콧노래를 흥얼거리면서 냉장고에서 플라스틱 통을 꺼내고 있었다. 주방에서 먼 곳에 앉았으니 여기서 하는 이야기가 들릴 가능성은 거의 없었다.

"많은 일이 있긴 했어."

예준은 닭 농장에 있었던 이야기를 차분히 들려줬다. 견학이 다름 아닌 농장주와 사진 찍기였다고 하니 소진은 한숨을 쉬면서 다리를 꼬았다. 농장에 가득한 폐계 이야기를 듣고 나서는 "불쌍해서 어떡해."라고 하면서 마치 눈앞에 있는 것처럼 걱정했다. 달걀 상태가 매우 불량하다는 걸 말하자 이놈의 학교는 망해야 정신 차린다느니, 교장이 미쳤다느니 하는 악담을 퍼부었다. 아빠가 그 농장주의 명함을 받고 불량 달걀을 납품할 뻔했다는 사실을 알고 나서는 갑자기 소진이 테이블을 손바닥으로 탕 쳤다. 예준은 어깨를 움찔했다.

"이거 범죄 아니야? 학교 안에서 해결이 안 되겠어. 교육청에 당장 신고해."

"했어."

"뭐래?"

예준은 고개를 저었다. 교육청은 감감무소식이었다. 언론사 몇 군데에도 연락을 넣어 봤지만 마찬가지였다. 다들 중학생의 호기로 보고 넘겼다. 제보자가 나타나도 명확한 근거 자료가 없으니 그럴 만했다. 예준에게는 급식 공모전에서 대대로 비리가 있었다는 사실을 뒷받침할 만한 사진 한 장도 없었다.

"그럼 어떻게 해?"

"확실한 증거를 들이대야지. 다시 농장으로 갈 거야. 사진이나 영상이 있어야 확실하니까."

말은 했지만 예준은 사실 자신이 없었다. 농장으로 몰래 잠입해 촬영하고 조용히 빠져나오는 것 자체가 영화 같은 일이었다. 시간도 부족했다. 정보를 제공하고 답변을 받고 학교로 확인 전화가 오기까지 일주일은 더 걸릴 텐데 달걀빵은 당장 다음 주부터 만들어 배식될 예정이었다.

"같이 가자. 내가 도와줄게."

"도와준다고?"

"응. 나도 공모전 진짜 짜증 났었는데 이참에 한 방 먹이면 후련할 것 같아. 솔직히 너도 혼자서는 힘들잖아."

예준은 손 내밀어 준 소진이 고마웠다. 어쩌면 예준이 바라는 바일지도 몰랐다. 하지만 이 일로 불이익이 생긴 다면 소진과 공유하고 싶지 않았다. 교장 선생님에게 반기를 드는 일이었다. 예준의 계획대로 잠입했다가 들키기라도 한다면 생활기록부에 타격을 입을 확률이 높았다.

"마음만 받을게. 교장한테 결국 걸릴걸. 생기부에 나쁘게 적히거나 벌점도 꽤 받을 거야. 좀 있으면 졸업인데 이 일 하나 때문에 지장이 생기면 아깝잖아."

"상관없어. 나 고등학교 안 갈 거거든. 검정고시 보기로 했어."

"뭐?"

예준은 깜짝 놀랐다.

"응. 대신 요리 배울 거야."

"요리는 왜?"

"요리사가 될 거야. 나처럼 음식 알레르기가 있는 사람들도 편하게 먹을 수 있는 요리를 만들고 싶어."

예준은 소진이 다시 보였다. 시키는 대로 똑같이 공부하는 게 찜찜하다던 소진은 자신만의 단단한 목표를 세우고 있었다. 공부에 그저 뜻이 없는 줄로만 알았는데 또 다른 꿈이 있었다.

아빠가 김이 펄펄 나는 뚝배기 두 개를 들고 와서 예준과 소진 앞에 나란히 내려놓았다. 따뜻하고 구수한 황태국 냄새가 주변을 가득 메웠다. 어디서 났는지 오렌지 주스도 가져왔다.

"맛있게 먹어라."

"감사합니다. 잘 먹겠습니다."

흐뭇한 미소를 지으며 아빠가 둘을 바라봤다.

"아빠, 안 가?"

"그래. 편하게 얘기 나누고."

아빠가 쟁반을 들고 주방으로 갔다. 소진이 황태국을 한 수저 떠먹고는 "맛있는데?" 하더니 냅다 밥 한 공기를 말았다.

"부모님도 허락하셨어?"

예준이 다시 이야기를 꺼냈다.

"응. 처음에는 반대했는데 지금은 하고 싶은 거 하래."

"그래도 말씀드리기 쉽지 않았을 텐데."

"아예 입이 안 떨어졌지. 근데 말 안 하면 진짜 후회하겠더라고. 설득하는 데 좀 오래 걸리긴 했는데 원하는 대로 됐어."

소진이 나머지 반 공기를 더 말았다. 밥그릇에 다시 덜어서 후후 불며 새초롬히 먹는 소진을 보며, 예준도 식욕이 돌았다. 좋고 싫음이 분명해서 탈이었지만 그게 또 소진의 매력이었다. 눈치 보지 않고 과감하게 하고 싶은 일을 선택하는 점은 예준도 본받고 싶었다.

"맞아. 하고 싶은 걸 해야지."

예준이 혼잣말을 하며 소진처럼 국물에 만 밥을 연거푸 떠먹었다. 하도 많이 넣어서 입 밖으로 국물이 삐져나왔다. 예준은 입 주변을 티슈로 닦으며 생각에 빠졌다.

'농장에 가서 사진이든 영상이든 찍어서 퍼뜨리면 소문은 날 거야. 하지만 시간이 부족해.'

사진이나 영상보다 더 강력한 것이 필요했다. 그게 뭘까. 예준은 짧은 시간에 풀어야 하는 수학 문제를 받은 것처럼 고민했다.

두 사람은 황태국을 깡그리 비웠다. 소진이 밥그릇을 비운 건 예준이 보기에도 실로 오랜만이었다. 아빠의 음식이 예준에게만 맛있는 게 아니었다. 예준은 안심이 됐다.

"근데, 급식 공모전 진짜 쓰레기 같긴 한데. 그 일로 네가 좀 달라진 것 같아."

소진이 입을 닦고 나서 의자에 등을 기댔다.

"그래?"

"어. 인간성이 좀 살아났다고나 할까? 가끔 고성능 로봇인지, 감정은 있는 건지 의심스러웠는데 이제 좀 사람 같네. 내가 네 친구이긴 한가 봐. 맞지?"

소진의 눈이 빛났다. 오늘은 이걸로 족했다. 화해만 해도 좋은데 뜻하지 않게 든든한 조력자도 구했다. 함께한다면 앞으로의 일이 예상만큼 버겁지 않을 것 같았다. 예준은 모처럼 희망을 품어 보기로 했다.

"맞아."

왠지 낯간지러워서 예준은 '친구'라는 단어를 끝내 뱉지 못한 채 속으로 곱씹었다.

다음 날에도 예준과 소진은 급식을 같이 먹었다. 기장밥과 반찬으로 나온 아욱국, 두부조림, 파김치, 멸치땅콩볶음은 모두 소진이 환영하는 메뉴였고 예준도 싫지 않았다. 두 사람은 급식을 먹고 교정을 걸으면서 닭 농장에 어떻게 갈지를 함께 계획하다가 교실로 올라갔다.

오후 수업까지 모두 끝났다. 종례를 마치고 예준은 스마트폰을 챙겨 교실을 나가려고 했다. 그런데 슬후가 불러세웠다.

"교장 선생님이 찾으셔."

예준은 어리둥절한 표정으로 슬후를 바라봤다. 포니제 과점 사건 이후 예준과 슬후는 다시 급식 공모전을 하기 전으로 돌아갔다. 그동안 슬후는 예준에게 아는 척도 하지 않았다.

"교장실로 가 봐."

슬후가 예준의 눈길을 슬며시 피하며 말했다. 예준은 포니제과점에서 비굴하게 사라졌던 슬후의 뒷모습을 떠올렸다. 자신을 이용한 슬후가 괘씸하면서 한편으로는 불쌍했다. 슬후는 자기중심적이고 나약했다. 예준도 마찬가지였다. 욕망에 사로잡혀 남의 물건에 손을 댔으니 말이다. 서로의 모난 부분을 닮은 슬후를 마주하니 예준은 불편했다.

"알겠어."

이유가 궁금했지만 예준은 짧게 대답하며 슬후를 스쳐 지나갔다. 어딘가 석연치 않았다. 슬후와 교장 선생님은 같은 편이고 예준은 그들과 반대의 길을 걸을 예정이었다. 교장 선생님이 유쾌한 일로 불렀을 것 같지는 않았다.

이층 교장실 앞에 도착했다. 예준은 꺼림칙한 마음으로 교장실 문을 노크하고 들어갔다.

입구에서 바라본 교장실은 꽤 넓었다. 한가운데에 자

리 잡은 원목 테이블을 중심으로 양옆에는 검은색 가죽 소파가, 그 너머에는 큼직한 책상이 놓여 있었다. 책상 위에는 '나현화 재동중학교 교장'이라고 쓰인 명패가 반짝반짝 빛났다. 명패의 주인은 책상에 앉아 노크 소리가 나는 쪽을 바라보고 있었다. 그 뒤로 자줏빛 벨벳 커튼이 창문을 가렸다. 형광등이 켜진 상태였지만 오랫동안 내부에 빛이 들어오지 않았는지 음침한 기운이 돌았다.

교장 선생님이 검은색 가죽 소파 쪽으로 턱짓했다. 예준은 시키는 대로 소파에 앉았다. 교장 선생님은 그제야 자리에서 일어났다. 손에 흰 봉투를 들고 예준의 맞은편으로 다가왔다.

"예준 학생, 수고했어요."

선생님이 학생에게 하는 말이라기보다는 고용주가 고용인에게 하는 말처럼 들려 예준은 살짝 소름이 돋았다. 교장 선생님이 원하는 바를 이루는 데 본의 아니게 일조한 것만 같아 조금 씁쓸했다.

"운이 좋았죠. 이긴 게임에 합류했으니까요."

예준은 숨기지 않았다. 슬후가 교장 선생님에게 이미 말했으리라 예상했다. 교장 선생님은 은은한 미소를 띠며 예준을 바라봤다. 역시나 다 알고 있다는 눈빛이었다.

교장 선생님이 흰 봉투를 테이블에 내려놓았다.

"임 선생에게 들었어요. 언제 상금을 받는지 물었다죠? 예준 학생이 좀 급히 필요한 것 같아서 미리 주려고요. 급식 공모전에 임하면서 수고해 준 대가라고 생각해요. 자, 편히 가져가요."

예준은 흰 봉투를 쳐다봤다. 벌어진 봉투 입구 사이로 오만 원권 지폐 다발이 두툼히 보였다. 이 돈이면 포니제과점에서 훔친 쿠키 값을 한 번에 갚고도 남을 것 같았다. 상금을 받으면 예준은 급식 공모전의 확실한 우승자가 된다. 공모전 수상 기록은 생활기록부에 기록될 것이다. 그동안 여력이 없어 공모전이나 각종 대회에 나가지 못했던 한도 풀 수 있다. 모두가 불량 달걀을 보고 눈감은 것에 대한 대가다. 예준은 숨을 깊게 내쉬었다.

"교장 선생님께서 슬후에게 달걀로 하라는 제안을 하셨다고 들었습니다. 왜 달걀이었나요?"

예준의 말에 교장 선생님은 방긋 웃더니 다리를 외로 꼬며 의자에 몸을 기댔다.

"예준 학생은 똑똑하니까 한 번만 설명할게요. 내년부터 우리 학교에 외국어 프로그램을 신설하기로 했어요. 그리고 닭 농장에서 청소년을 응원한다는 취지로 지원금을 주겠노라 약속했죠. 닭 농장에서 지원금을 주지 않으면 학생들에게 좋은 기회가 사라져요. 예준 학생도 지원금의 혜택을 누리며 학교생활을 해 왔죠?"

"그럼 작년에 양파 농장도 우리 학교에 지원금을 내놨던 건가요?"

예준은 교장 선생님의 말을 가로막으며 궁금했던 말을 꺼냈다.

"학교의 발전은 곧 여러분의 발전이에요. 학교에서 열리는 다양한 대회며 프로그램 덕분에 학생들이 양질의 교육을 받고, 또 우수한 고등학교에도 진학해요. 듣자 하니 예준 학생도 재동고에 가고 싶어 한다던데. 이번 공모전이 퍽 쓸모 있을걸요?"

교장 선생님의 한쪽 입꼬리가 슬쩍 올랐다가 내려갔다. 예준의 예감은 틀리지 않았다. 예준은 교장 선생님 너머에 걸린 인터뷰 기사를 쳐다봤다. 중간에 굵고 큰 글씨체로 '학교에 대한 헌신을 인정받아 최초의 여자 교장 선생님이 되다.'라고 적혀 있었다. 문득 예준은 교장 선생님의 헌신이 진정 학생들을 위한 건지 궁금했다. 헌신의 수혜자는 오히려 교장 선생님이었을 텐데.

예준이 자리에서 일어났다. 교장 선생님은 입술을 달

싹거리다 손톱으로 테이블을 톡톡 두드렸다. 그 소리가 초침보다 조급하게 들렸다.

"예준 학생은 벌점이 하나도 없더군요. 하긴, 점심시간에 무단이탈했던 걸 내가 임 선생에게 고지하지 않았으니까요. 참고로 재동고에 가려면 절대 벌점이 있어서는 안 되는 거 잘 알죠?"

재동고는 중학교 생활 삼 년간 예준을 지탱하게 해 준 단 하나의 목표였다. 그 예준의 목표를 자기 손아귀에서 쥐락펴락하는 교장 선생님이 지략가 같으면서도 한편으로는 가진 걸 뺏으려는 강도 같았다.

"난 재동재단에서 삼십 년째 몸담고 있어요. 재동고에 입학할 인재인지 아닌지는 내게도 심사할 자격이 있죠. 나보다 학생들을 위하는 교장 선생님은 없었으니까요. 내 말, 무슨 뜻인지 이해했죠?"

적막이 흘렀다. 예준은 고개를 돌려 두꺼운 커튼을 바라봤다. 자줏빛 커튼 사이로 햇살이 조금 들어왔다. 공중에 떠 있는 무수한 먼지들이 가느다란 햇살 덕에 드러났다. 바늘만 한 틈이 있어도 빛이 들어와 숨은 곳을 비추는데 이곳은 비밀이 겹겹이 쌓여 있었다. 정말 아무도 몰랐을까. 어쩌면 모르는 것보다 무관심이 더 큰 문제일지도 모른다.

예준은 교장실에서 숨 쉴 때마다 먼지도 같이 마시는 것만 같아 답답했다.

"네. 그럼 이만 가 보겠습니다."

인사를 꾸벅하고 예준은 밖으로 나왔다. 복도 공기가 신선했다. 아이들은 모두 가고 학교는 고요했다. 예준의 발자국 소리가 뚜벅뚜벅 복도 끝까지 울렸다.

명예 회복

학교 맞은편에 있는 정류장에서 아무 버스나 타고 두 정거장만 가면 재동고다. 아이들이 선망하는 고등학교는 아주 가까운 곳에 있었다. 그토록 가고 싶은 곳이지만 예준은 직접 가 볼 생각을 하지 못했다.

막연한 꿈의 실체를 오늘은 눈으로 확인하고 싶어졌다. 정문을 나와 정류장으로 곧장 갔다. 예준은 마침 도착하는 버스에 올라탔다. 버스 안에 사람들이 잔뜩 서 있었다.

금세 재동고 앞에 도착했다. 예준은 내리는 인파에 떠밀려 버스에서 내렸다. 어깨가 약간 구부정한 재동고 학생들이 예준을 지나쳐 갔다.

예준은 정류장에 서서 재동고를 올려다봤다. 빛바랜 황토색 건물은 오래된 나무처럼 튼튼해 보였다. 그 옆에는 지은 지 얼마 안 되어 보이는 회색 건물이 붙어 있었다. 열렬히 꿈꾸었던 재동고는 상상처럼 아주 원대하거나 대단해 보이지 않았다. 그저 어디에도 있을 법한 학교 건물이었다.

횅한 운동장을 바라보며 예준은 재동고에 다니는 자신을 상상했다. 재동고에 다니고 있다는 이유 하나만으로 입시에 대한 불안을 달래며 지낼 수 있을 것이다. 대학을 고를 때는 외국으로 갈 학생과 국내를 선택할 학생으로 나뉘겠지. 나는 당연히 국내겠지만 장학 재단을 통해 기회가 열린다면 외국 대학도 고려해 봐야겠다. 대학에 입학한 다음에는 어느 기업에 지원할지 고민할 것 같다. 그쯤이면 아빠에게서 독립해 혼자 살고 있을까. 어쨌든 아빠가 원하는 대로 먹고살 걱정 없이 지내고 싶다. 기분 좋은 상상이었다. 최종 목표를 그리며 예준은 잠시나마 행복감에 젖었다.

바람이 드세게 불어 흙먼지가 날렸다. 문득 예준은 이 모든 꿈이 운동장에 부는 흙먼지처럼 부질없다고 생각했다. 희부옇고 실체가 없었다. 포니쿠키를 먹는다 한들 금

세 허기가 졌다. 예준은 오늘 자신이 그렸던 미래에 조용히 안녕을 고했다. 잘못된 선택을 하는 일은 두 번 다시 없을 것이다.

갑옷처럼 두르고 있던 꿈을 내려놓자 한결 후련해졌다. 동시에 포니쿠키를 먹고 싶다는 욕망도 증발했다. 예준은 놀랐다. 이제 더는 포니쿠키에 질질 끌려다니지 않을 방법을 찾은 것 같았다.

꿈이 있던 자리에 새로운 상상이 피어올랐다. 견디지 않고 터뜨릴 차례였다. 꿈이 사라졌어도 상실감에 젖어 있고 싶지 않았다. 예준의 머릿속이 처음 전원이 들어온 기계처럼 부지런히 돌아가기 시작했다.

집으로 가는 버스가 도착했다. 예준은 재동고를 등진 채 버스로 뛰어올랐다. 방금까지 운동장에서 떠올린 아이디어로 심장이 두근거렸다. 그리고 재동중 앞을 지날 때 예준은 문이 닫히기 직전 황급히 버스에서 내렸다. 예준은 소진에게 전화를 걸었다.

"계획을 정했어."

"무슨 계획? 나 지금 학원 들어가니까 이따 문자로 알려 줘."

"알았어."

예준은 스마트폰을 가방에 집어넣고 아빠가 있는 국밥집으로 곧장 갔다. 계획을 실행하려면 운전해 줄 어른이 필요했다. 가장 먼저 생각난 사람이 아빠였다. 시계를 보니 국밥집은 브레이크 타임이었다. 예준은 상가 안으로 들어가 주방 쪽 문을 벌컥 열었다. 아빠가 구석에 놓인 의자에 앉아 졸다가 예준을 보고 놀라서 깼다.

"아휴, 살살 좀. 벌써 학교 끝났어?"

"끝난 지 좀 됐어."

아빠가 시계를 보며 "그러네." 하더니 연신 하품했다. 눈 밑이 퀭하고 낯빛이 칙칙했다. 싱크대에는 설거지가 한가득이었다. 군데군데 주문 출력 용지가 지저분하게 붙어 있었다.

"맞다. 예준아, 오늘 혼자 자도 되지? 반찬 손질이 밀려서 밤에 더 하다 가려고. 요즘 장사가 잘돼. 다음 달부터 용돈도 올려 줄게. 아빠는 괜찮으니까."

아빠가 입가에 까슬까슬하게 올라온 수염을 멋쩍게 긁적였다.

"아니, 괜찮지는 않지. 괜찮다고 했다가 우리 딸한테 또 혼날라. 실은 아주 졸려 죽겠다. 한 삼 일은 잠만 자고 싶어. 그래도 물 들어올 때 노 저어야지. 조금 안정되면 앞으로는 무리해서 일하지 않을 거야."

아빠는 플라스틱 통을 조리대 옆에 올리고 뚜껑을 열었다. 손질되지 않은 깐 양파가 가득 들어 있었다. 아빠가 도마를 꺼내면서 물었다.

"친구랑은 잘 지내? 걔가 밥을 참 잘 먹더라. 아빠는 맘에 들어."

"원래 잘 안 먹고 입맛도 까다로운데 아빠가 만든 국밥은 맛있었대."

"정말? 다행이네. 그날 황태국이 잘되긴 했어."

아빠는 고개를 끄덕이며 도마에서 양파를 썩썩 썰었다. 알싸한 냄새가 예준의 콧속을 간질였다.

아빠는 아빠의 몫을 충실히 해내고 있었다. 그 덕에 사람들에게 반응도 좋고 배달도 많은 알짜배기 국밥집이 되어 갔다. 녹초가 된 아빠를 복잡한 일에 끌어들여 짐을 지울 수는 없었다. 예준도 자신의 몫을 스스로 잘 해내고 싶었다.

채 썬 양파들이 수북하게 쌓였다. 아빠는 양파가 든 통을 냉장고에 잘 집어넣고 손을 씻었다.

"무슨 일로 왔냐고 물어보지도 않았네. 뭐 필요한 거 있어?"

"아니야. 그냥 왔어."

"우리 딸, 웬일이래. 예전에는 볼일 있을 때만 왔는데 이제는 친구도 데려오고, 아빠도 그냥 보러 와 주고."

아빠가 잠시 멈칫하더니 예준의 어깨를 살포시 두드렸다. 눈물만 흐르지 않았을 뿐 표정은 이미 감격에 차 있었다.

시계를 보니 다섯 시가 다 됐다. 예준은 급히 일어났다.

"이만 갈게. 나도 할 거 많아서."

"그래, 공부할 게 많지? 더 추워지기 전에 들어가. 집에 찌개 끓여 놨으니까 저녁 꼭 챙겨 먹고."

아빠가 뒤돌아 가는 예준을 향해 당부했다. 예준은 그대로 가려다 말고 아빠를 다시 돌아봤다.

"아빠도 잘 챙겨 먹어."

아빠는 멈칫하더니 손을 크게 흔들었다.

상가를 벗어나니 강풍이 예준을 기다리고 있었다. 예준은 바람에 걱정을 실려 보낸다는 생각으로 심호흡을 크게 내뱉었다. 계획이 바뀌었다. 막막했지만 아빠의 얼굴을 본 것으로 족했다.

생각나는 사람이 또 있었다. 부탁을 들어줄 가능성은 몹시 낮았다. 하지만 들어주기만 한다면 아빠보다는 제격이었다.

　예준은 세찬 바람을 맞으며 묵묵히 걸어갔다. 멀리서 봐도 포니제과점에는 손님들로 바글바글했다. 새로 출시된 보늬밤 포니쿠키가 소셜 네트워크에서 완전 유행처럼 번지고 있다는 소식을 예준도 알고 있었다. 한편으로는 다행이었다. 사장에게 좋은 일이라 생각하니 마음이 놓였다. 그동안 예준은 포니제과점의 매상을 적잖이 깎아먹었기 때문에 조금이나마 안심이 됐다. 예준은 포니제과점과 거리를 두고 바라봤다. 어떻게 말해야 사장이 부탁을 들어줄지 머리를 굴렸다.

　양쪽 귓불이 얼얼했다. 생각 정리를 마친 예준이 포니제과점 안으로 들어갔다. 포근했다. 예쁘게 진열된 포니쿠키가 너무 탐스러워 보였다. 예준은 포니쿠키를 한참 바라보다가 고개를 반대쪽으로 돌렸다. 다시는 훔치지 않겠다고 수백 번 되뇌었던 말을 속으로 반복했다. 사장과 아르바이트생이 포장과 계산을 반복하며 분주하게 돌아다녔다. 예준은 곧장 계산대로 갔다. 상자를 포장하던 사장이 예준을 보고 알은체했다.

　"유리닭이, 웬일이야?"

　"여기서 일하게 해 주세요."

"뭐?"

사장의 짙은 눈썹이 까딱 움직였다. 포니쿠키를 들고 계산대 앞에 서 있던 손님들이 예준을 곁눈질로 쳐다봤다. 사장이 아르바이트생에게 귓속말을 하고 계산대를 벗어났다. 그리고 예준을 가게 밖으로 끌고 나와 앞치마를 벗었다.

"네가 갚아야 할 게 얼마인지는 알고 일하겠다는 거야? 보다시피 내가 지금 좀 많이 바빠. 다른 일에 신경 쓸 틈이 없으니까 오늘은 이만 돌아가."

"부탁드리고 싶은 게 있어요. 들어주시면 여기서 일주일 동안 공짜로 일할게요. 훔친 포니쿠키 값 갚는 거랑 별개로요."

"그 부탁이 뭔지는 몰라도 안 돼. 다른 사람에게 가 봐."

사장이 손사래를 치며 다시 들어가려고 했다. 예준은 다급히 붙잡았다.

"제가 부탁드릴 사람이 사장님밖에 없어서 그래요. 언제 신메뉴가 나오고, 어떻게 상자를 진열하는지 저는 다 알아요. 저만큼 포니제과점에 대해 잘 아는 사람은 없을걸요? 학교 끝나고 바로 올게요."

예준의 구구절절한 말이 끝나기가 무섭게 아르바이트생이 나와서 사장을 불렀다.

"사장님, 선물용 종이봉투는 어디에 있어요?"

그러자 예준이 잽싸게 대답했다.

"계산대 옆 진열대 아래 서랍장이요. 거기 없으면 통유리창 쪽 진열대 아래 서랍장에 있을 거예요."

사장은 예준을 노려보다가 아르바이트생에게 말했다.

"넌 여기서 일한 지가 언젠데 아직도 그걸 몰라?"

"죄송합니다."

아르바이트생이 사장의 말을 끊고 냉큼 들어갔다. 예준은 어깨를 으쓱했다. 사장이 가게 안을 흘낏 들여다봤다. 계산대 앞에 선 줄이 점점 길어졌다.

"이번 한 번만요. 진짜 마지막이에요."

"휴, 대체 뭔데?"

사장이 한숨을 쉬며 들어나 보자는 식으로 물었다.

"옮겨야 할 게 있는데 운전만 좀 해 주세요. 딱 저 미니 트럭이면 돼요. 나르고 싣는 건 제가 다 할게요."

"운전? 지금 화장실 갈 시간도 없어."

"사장님이 들어주셔야만 하는 이유가 있어요."

예준은 학교에서 일어났던 일을 조곤조곤 설명했다.

교복을 입은 학생들이 포니제과점에서 나와 포니쿠키 상자를 사진으로 찍으면서 수다를 떨었다. 사장은 예준의 말을 들으면서 하늘을 올려다보기도 하고 시끌벅적하게 지나가는 학생들을 바라보기도 했다. 예준의 말을 모두 들은 사장이 물었다.

"경찰서에 가야지, 왜 나한테 왔어?"

"제가 마무리 짓고 싶은 게 있어서요."

아르바이트생이 나와서 또다시 사장을 찾았다. 사장은 "금방 갈게."라고 답하며 팔짱을 낀 채 생각에 잠겼다. 예준은 옆에서 사장님의 미니 트럭이 필요하다, 주변에 도와줄 사람이 없다, 평생 은혜를 잊지 않겠다 같은 말을 덧붙였다. 급식 공모전을 마지막으로 홍보할 때 무슨 말이든 씩씩하게 내뱉던 행동이 절로 나왔다.

사장이 다시 한번 한숨을 크게 내쉬었다.

"휴. 내가 이걸 하는 이유는 너 때문만은 아니야. 우리 손님들이 재동중에 많아서야. 애들한테 그런 걸 먹게 할 수는 없잖아. 언제 트럭이 필요한데?"

예준이 말하려는데 아르바이트생이 문을 열고 사장을 다급하게 불렀다. 사장은 포니제과점 계정으로 메시지를 보내라고 당부하고는 가게 안으로 들어갔다. 진열대에 쌓여 있던 보늬밤 포니쿠키가 벌써 동이 나 있었다.

예준은 어깨에 잔뜩 들어갔던 힘을 풀었다. 쉽지는 않았지만 원하는 대로 일이 풀렸다.

'다음에는 보늬밤 맛도 먹어봐야지.'

예준은 가뿐한 마음으로 포니제과점 앞을 벗어났다. 스마트폰에 진동이 울렸다. 소진의 문자였다.

> 수업 중인데 연락함.
> 뭔데? 궁금해 죽겠어.
> 문자로 빨리 알려 줘.

예준은 답장을 바로 보낼까 하다가 스마트폰을 주머니에 집어넣었다. 화면에 금이 아직 그대로라 영 보기가 불편했다. 예준은 집으로 가지 않고 대형 상가로 걸음을 옮겼다. 상가 일층에 네온사인 간판이 휘황찬란한 스마트폰 가게로 들어갔다.

유리 매대에 가지런히 놓인 스마트폰을 지나쳐 액세서리 진열장 앞에 섰다. 그리고 화면 보호 필름 중에서 가장 싼 것을 골라 계산했다. 직원이 필름을 붙여 예준에게 돌려줬다. 스마트폰이 다시 새것처럼 매끈해졌다. 마침 지난밤이 용돈을 받는 날이었다. 그 덕에 필름 살 여유도 생겼다. 이제 남은 용돈으로 새로운 일을 치를 차례다.

예준은 깨끗한 스마트폰을 손에 꽉 쥐었다. 살면서 가장 과감한 용기가 필요한 순간이 바로 지금이라고, 스스로에게 가만히 되뇌었다.

닭과 사람, 그리고 햇살

농장으로 걸어가는 길은 음산했다. 양옆으로 길게 자란 나무와 수풀이 햇볕을 가렸다. 아침인지 초저녁인지 하늘만 봐서는 구분되지 않았다. 쌀쌀한 바람이 불어왔다. 예준은 양쪽 팔꿈치가 시렸다. 지퍼 달린 후드로는 추운 공기를 막기에 역부족이었다.

"대본은 잘 썼어?"

주머니에 손을 찔러 넣은 소진이 물었다. 예준은 바지 주머니에서 꼬깃꼬깃한 종이를 꺼냈다. 공책을 죽 뜯어 쓴 글이었는데 종이가 너덜거려서 한쪽 귀퉁이는 찢어졌다. 군데군데 동그라미도 그려져 있었다. 예준은 종이에 쓴 글을 읽고 또 읽어서 내용을 다 외웠다.

"이거대로 하면 돼."

"맞다, 너 전교 일등이지. 내가 잠시 잊었어. 무슨 내용인지 잘 모르겠지만 넌 잘할 거야."

"그래. 고마워."

"우리 체육복 바지 입은 거 안 들키겠지?"

"학교 마크만 잘 가리면 돼."

예준은 후드를 바지 주머니 옆까지 끌어내렸다. 재동중 체육복 바지는 무늬 없는 남색이라 밖에서 입고 다녀도 아무도 학교 체육복 바지인 줄 몰랐다. 예준은 주머니에 손을 넣어 집에서 챙겨 온 포니쿠키 봉지를 매만졌다.

멀리 나무집에서 노란 불빛이 새어 나왔다. 예준은 벌써 세 번째 보는 곳이었다. 근처에 못 보던 노란 물체가 덩그러니 놓여 있었다. 낯선 형체를 확인하려고 예준이 눈을 가늘게 뜨는데, 소진이 예준의 팔을 꽉 붙들었다.

"으으, 막상 오니까 떨려. 우리 잘할 수 있겠지?"

"당연하지. 네가 그동안 급식 먹으면서 짜증 났던 걸 떠올려 봐."

"갑자기 힘이 막 솟는 것 같다. 근데 대체 그런 발상은 어디서 나오는 거야? 네 얘기 듣고 진짜 깜짝 놀랐잖아. 전교 일등이랑 어울리지 않는 계획이라."

"그냥 생각났어."

교장실에서 느꼈던 감정을 한마디로 정의하기는 어려웠다. 오랫동안 아무도 모르게 거래해 온 교장 선생님, 검은돈으로 만들어진 공모전에서 성과를 따내려고 혈안인 학생들, 그리고 상장 하나 없어서 급식 공모전에 죽어라 덤벼든 자기 자신까지, 예준은 모두 한패 같았다. 이모든 걸 해결할 계획을 재동고 앞에서 생각해 냈다. 예준은 황량한 재동고 운동장을 보며 머릿속으로 시나리오를 그렸다.

둘은 빈터에 도착했다. 가까이서 보니 노란 물체는 포클레인이었다. 포클레인까지 있으니 마당이 더 좁아 보였다. 예준은 모자를 푹 눌러쓰고 미리 챙긴 마스크를 주머니에서 꺼냈다. 농장주에게 누군지 알려서 좋을 리 없었다. 위장이 허술할 것 같았지만, 혹시 모를 곤란한 상황이 벌어지지 않으려면 이렇게라도 가리는 게 나았다.

소진이 스마트폰으로 전화를 걸어 농장주에게 전화를 걸었다.

"안녕하세요. 어제 폐계 산다고 연락드렸는데요, 지금 도착했어요. 네, 여기 마당이요. 네네. 알겠습니다."

소진이 전화를 끊으면서 예준을 쳐다봤다. 예준이 고

개를 끄덕였다. 아빠가 구겨서 버렸던 명함을 잘 챙겨 둬서 다행이었다. 어젯밤 소진은 예준이 시키는 대로 농장주에게 전화해 폐계를 몇 마리쯤 사고 싶다고 연락했다. 농장주는 얼른 팔아치우고 싶었는지 의심 없이 흔쾌히 수락했다. 구매 비용은 예준과 소진의 용돈에서 해결할 수 있을 만큼 저렴했다.

농장주가 하품을 늘어지게 하며 나왔다. 다 늘어진 바지에 후줄근한 차림이었다. 이불처럼 걸친 롱패딩이 유일하게 추위를 가렸다. 농장주는 예준과 소진을 보더니 눈썹을 씰룩였다.

"주문한 게 학생들이야?"

"부모님께서 좀 바쁘셔서요. 저희한테 시키셨어요. 여기는 제 동생이에요."

소진은 마스크로 얼굴을 가린 예준을 가리키며 당당하게 소개했다. 예준과 소진은 체구가 비슷했다. 아마 눈썰미가 좋다면 바지가 똑같다는 사실을 알아챘겠지만 사장은 두 사람이 뭘 입었는지 관심이 없었다.

"별나시네. 원래는 학교 갈 시간일 텐데?"

"괜찮아요. 저희 홈스쿨링하거든요."

소진은 예준과 입을 맞춘 내용을 잘도 이야기했다. 똑

부러지게 말하는 소진을 향해 사장이 고개를 끄덕했다.

"결제는 아버지가 하시냐?"

"아니요. 저희한테 현금 있어요."

"근데 아무리 폐계라 해도 말이야. 너희가 가져갈 수 있겠어?"

농장주가 의심스러운 눈초리로 둘을 번갈아 봤다.

"괜찮아요. 이따 아빠 차가 올 거예요."

"그래? 근데 아빠는 어디 계셔? 내가 통화 좀 해 봐야겠는데."

"진짜 급한 일이 생기셔서요. 갑자기 아빠가 부탁한 거예요. 전화도 안 받을걸요?"

소진이 다급히 막았다. 말투가 살짝 떨리는 걸 예준은 눈치챘다. 농장주가 두툼한 손가락으로 눈썹을 긁었다. 시커멓고 뻣뻣한 눈썹들이 제멋대로 움직였다.

"흠, 알겠다. 여기서 기다려."

고민을 끝낸 농장주가 걸음을 옮겼다.

"같이 가서 보면 안 돼요?"

"뭐라고? 너희가 보면 알긴 해?"

"닭 상태를 확인해야 한다고 아빠가 그러셨거든요."

소진이 강경하게 말했다. 농장주는 둘을 물끄러미 쳐

다봤다.

"참 나, 알겠으니까 일단 따라와."

농장주가 슬리퍼를 질질 끌며 앞장섰다. 세 사람은 느린 걸음으로 언덕을 올랐다. 흙길인 언덕에 잡초가 듬성듬성 피어 있었다. 올라가는 길이 미끄러워 예준은 발에 힘을 꾹꾹 주며 걸었다. 스산한 바람이 발목을 스쳐갔다.

세 사람의 발자국 소리 사이로 닭들의 처량한 울음소리가 섞여 왔다. 축사와 창고는 시간이 멈춘 것처럼 그대로였다. 축사는 남루했고 달걀이 있는 창고는 문이 살짝 열려 있었다. 축사 앞에는 빈 철제 케이지가 층층이 쌓여 있었다.

"여기서 기다려. 너희도 들어오기 싫지?"

"네."

소진이 코를 틀어쥐고서 대답했다. 농장주가 맨 위에 있는 케이지 하나를 들고 축사 안으로 들어갔다. 예준은 농장주가 들어간 걸 확인하고 얼굴을 슬쩍 들었다. 땅만 쳐다보다가 시선을 올린 것만으로도 해방감이 들었다.

"이제 어떡할 거야?"

소진이 물었다.

"저쪽에 불량 달걀이 있어. 사진 좀 찍어 올게."

예준은 서둘러 창고로 갔다. 농장주가 자리를 비운 사이에 다녀와야 하니 시간이 얼마 없었다. 걸을 때마다 심장이 쿵쾅거렸다.

내부로 들어서니 쿰쿰한 악취가 풍겼다. 횡뎅그렁해 온기라고는 느껴지지 않았다. 주변에는 깨진 달걀들이 흙바닥에 여전히 엉겨 있었다. 기둥처럼 쌓여 있었던 삼십 구짜리 달걀판 더미들은 그사이 어딘가로 보내졌는지 이제 반만 남았다. 당장 달걀빵을 만들어야 하는 재동중일 확률이 지금으로서는 가장 높았다.

'아마 학교에 가 있을 거야. 오늘 아침부터 만든다고 했으니까.'

예준은 달걀판 더미가 있는 곳으로 가까이 갔다. 언제 흘렀는지 모를 탁한 액체가 달걀판 사이로 끈적하게 배어 나왔다. 예준은 사진을 찍고 나서 깨지지 않은 달걀 하나를 얼른 집었다. 난각 번호 없는 정체불명의 달걀이 예준의 주머니 속으로 얌전히 들어갔다.

밖으로 나오려고 예준이 몸을 홱 돌렸을 때였다. 멀리서 농장주가 하는 말이 들려왔다.

"자, 폐계 네 마리. 맞지? 지금 확인해. 상태는 나쁘지 않아."

예준은 잠시 숨을 멈추고 그 자리에 섰다. 청각에 온 신경을 기울였다. 주머니에 있는 달걀을 만지작거리며 다음 말이 들리기를 기다렸다.

"닭들이 왜 이래요? 너무 말랐잖아요."

"처음 봐서 그래. 폐계는 원래 다 이렇게 생겼어. 근데 네 동생은 어디 갔어?"

"잠깐 전화 받으러요."

"함부로 돌아다니면 안 되는데. 공사도 시작해서 위험하다고."

농장주가 구시렁거렸다. 잠시 후 덜그럭거리는 소리가 났다. 예준은 창고 입구 앞에 쭈그려 앉아 몸을 바짝 밀착시켰다. 바깥으로 고개를 슬며시 내다보니 농장주가 폐계가 있는 케이지를 손수레에 싣고는 내려가는 중이었다. 소진이 그 뒤를 따라가면서 큰 소리로 외쳤다.

"아마도 마당에 있을 것 같아요! 마당까지만 가져다주시면 저희가 옮길게요!"

소진이 이제 그만 나오라는 신호를 보내는 것 같았다. 예준은 소진의 뒷모습을 바라보다가 창고에서 빠져나왔다. 농장주는 손수레에 실은 닭들을 신경 쓰느라 주위를 살피지 않았다. 예준은 자연스럽게 소진 뒤에 붙었다. 그런데 긴장이 풀렸다. 가볍게 발을 디뎠는데 미끄러졌다. 몸의 무게 중심이 앞으로 쏠렸다.

"어어!"

예준은 자기도 모르게 소리가 새어 나왔다. 아무래도 앞으로 고꾸라질 것 같아 양쪽 허벅지에 힘을 줬다. 가까스로 봉변을 면했는데 모자가 떨어졌다. 머리카락 사이로 찬기가 들어왔다. 모자는 손수레까지 속절없이 굴러갔다. 손수레를 끌고 가던 농장주가 뒤늦게 발견하고는 자리에 멈춰 모자를 주웠다.

"축사 뒤에서 통화하고 왔어요."

예준이 고개를 숙인 채 소진을 지나쳐 농장주에게로 갔다. 모자를 건네받는 순간 예준의 눈이 농장주와 마주쳤다. 농장주의 표정에 미묘한 변화가 생겼다. 마스크는 계속 쓰고 있었지만 예준은 왠지 민낯을 공개하는 기분이 들어 얼굴이 달아올랐다. 케이지 안의 닭들도 고개를 주억거리면서 예준을 보는 것 같았다.

예준은 황급히 모자를 눌러쓰고는 마당을 향해 바삐 내려갔다. 들킨 것 같아 초조했다. 농장주는 별말이 없었다. 목에 있는 털이 다 빠져 살이 훤히 드러난 폐계가 케이지 안에서 빈약한 날개를 연신 푸드덕거렸다. 그러자 농장주가 손수레를 발로 차며 험한 소리를 내뱉었다. 예준과 소진이 있어도 신경 쓰지 않았다.

어느덧 마당으로 내려왔다. 농장주가 한가운데에 손수레를 세우고는 케이지를 내려놓았다.

"공사 때문에 바쁘니까 얼른 들고 가. 어지간하면 아빠한테 얼른 차 끌고 오시라고 하고."

"감사합니다."

소진이 대답하면서 가방에서 돈을 꺼냈다. 농장주는 그 자리에서 두 번이나 지폐를 셌다. 그런 다음 한 손으로 손수레를 밀며 나무집으로 갔다. 소진이 가방에서 목장갑을 꺼내 예준에게 주면서 무심결에 말했다.

"유예준! 어디 있다가 온 거야? 완전 깜짝 놀랐잖아."

자신의 이름을 부르는 소리에 예준은 흠칫했다. 농장주의 차가운 눈빛이 공기를 관통해 예준에게 닿았다.

"너, 재동중 아니냐?"

"아닌데요."

예준은 고개를 돌렸다. 소진이 예준 앞에 끼어들었다.

"에이, 무슨. 저희 홈스쿨링한다니까요?"

농장주가 예준에게 다가와 순식간에 모자를 벗겨 냈다. 헝클어진 머리가 예준의 얼굴에 들러붙었다. 농장주의 인상이 험악해졌다.

"맞지? 그때 그 학생. 교장 선생님이 너 여기서 이러고 있는 거 아셔?"

검은 구름이 밀려나며 농장주 뒤로 따가운 햇살이 비쳤다. 예준은 눈이 부신 나머지 고개를 숙였다. 모자를 든 그림자의 손이 높이 올라갔다.

그 순간 뒤에서 경적이 길게 울렸다. 흰색 미니 트럭이 마당을 가로질러 예준과 농장주 앞에 섰다.

"아저씨, 지금 애들한테 손찌검하는 겁니까?"

포니제과점 사장이었다.

"누군데 생사람 잡는 거요? 내가 뭘 했다고."

"왜 애 모자를 아저씨가 들고 있어요?"

사장의 날카로운 말에 농장주가 모자를 천천히 내리더니 예준의 머리에 그대로 툭 씌웠다.

"얘들 아빠야? 폐계 주문한 사람이냐고."

농장주가 마뜩지 않은 표정으로 물었다.

"아니면 어쩔 건데요? 얘들아, 얼른 가자."

"네!"

예준은 두근대는 마음을 진정시키며 얼른 케이지 한쪽을 잡았다. 소진이 반대쪽 케이지를 잡으면서 함께 들었다. 케이지가 움직이니 닭들이 요란하게 울어댔다. 둘이 트럭 뒤쪽으로 간신히 들고 가자 사장이 트럭에서 내려와 케이지를 번쩍 올려 실었다.

예준과 소진은 차에 올랐다. 예준이 가운데 보조석에, 소진이 조수석에 앉았다. 예준은 심장이 벌렁벌렁 뛰었다. 주머니에 손을 넣어 달걀이 깨지지 않았는지 조심스레 만졌다. 표면이 맨질맨질해 예준은 안도감이 들었다. 포니제과점 사장이 트럭에 올라타 시동을 걸었다. 예준은 백미러를 봤다. 농장주가 떠나려는 트럭을 주시했다. 노려본들 농장주가 할 수 있는 일은 이제 없었다. 폐계는 이미 트럭에 실려 있었다.

소진이 포니제과점 사장에게 말했다.

"감사합니다. 사장님 덕분에 살았어요."

"살아 있는 닭을 트럭에 실어도 보고. 너희 때문에 별일을 다 겪는다."

사장이 짐칸을 흘깃 보면서 퉁명스럽게 말했다.

"이렇게까지 해야겠어? 일이 너무 커지는 것 같은데."

"지금 아니면 기회가 없어요. 바로잡을 기회요."

예준의 말이 다시 이어졌다.

"두 번 다시 예전처럼 살지 않을 거예요."

예준의 말을 끝으로 한동안 트럭 안은 잠잠해졌다. 포니제과점 사장이 라디오를 틀면서 어색한 침묵이 사라졌다. 라디오에서 사람들의 재미난 사연이 흘러나왔다. 소진은 꾸벅꾸벅 졸다가 예준의 어깨에 머리를 기댔다.

하얀 트럭이 덜컹거리는 흙길을 지나 도로로 접어들었다. 정류장을 지나는 버스가 보였다. 예준이 닭 농장으로 몰래 왔을 때 탔던 버스였다. 버스가 승객을 태우는 사이 사람과 닭을 태운 트럭이 버스를 지나쳐 갔다.

사장이 입을 뗐다.

"사거리에 국밥집 알지?"

예준은 아빠가 하는 가게까지 알아냈나 싶어 속으로 놀랐지만 아무렇지 않은 척 앞만 봤다.

"거기 원래도 유명한 국밥집이었던 거 알아?"

"예전에도 국밥집이었어요?"

"응. 국밥집이 장사가 잘됐거든. 하도 자주 가서 사장님이 내 얼굴도 알았어. 그때는 내가 돈이 없을 때라 몇 번 외상도 했는데 매번 사장님은 괜찮다고 하시더라. 마지막에는 먹고 나서 말도 안 하고 그냥 나왔어. 차비조차 없었거든. 국밥집 벽에 죄송하다는 낙서만 적어 놨지. 나도 참 찌질했어."

포니제과점 사장이 무덤덤하게 늘어놓는 말을 예준은 잠자코 들었다. 아빠 가게에서 본 낙서가 언뜻 떠올랐다.

"그 국밥집을 계속 못 갔어. 갚을 돈이 없었거든. 시간이 지나 포니제과점에 입사해서 죽어라 일하고 매니저까지 달았지. 근데 본사에서 이 지역에 분점을 낸다는 거야. 지원해서 왔는데 이미 국밥집 주인은 바뀌었더라고. 돈도 싹 갚고 인사도 하고 싶었는데 꽤 아쉬웠지. 그때 그 사장님은 잘 지내시는지 모르겠다. 비슷하게 생긴 사장님이 또 국밥집 하던데. 지금 국밥도 맛있어. 이 정도면 나도 라디오에 사연 낼 만하려나?"

사장이 쓴웃음을 지었다. 예준은 위로의 말을 건네고 싶었다. 하지만 말재간도 없고 누구를 위로해 준 적은 더욱 없었다. 사장이 이야기한 방식을 따라 하는 것 외에는 다른 방법이 떠오르지 않았다.

"저는 아빠랑 둘이 살아요. 가난해서 학원은 한 번도 못 다녔고요. 그래도 전교 일등은 거의 놓친 적 없어요. 쿠키 값은 반드시 갚을 건데 시간이 좀 걸릴 것 같아요. 원래는 이번 공모전에서 상금을 타면 어떻게든 해 보려 했는데 보다시피 제 발로 찾아요. 안 갚는다는 말은 절대 아니에요. 전 한번 마음먹으면 반드시 해내요."

"누가 오늘 갚으래? 나 여기서 장사 오래 할 거야. 되는 대로 줘. 그런 기질이면 뭐든 하겠네."

잠시 뜸들이던 포니제과점 사장이 심드렁하게 대답했다. 나름 비장하게 이야기한 예준은 머쓱해졌다. 한편으로는 마음이 놓였다. 자신을 신뢰한다는 뜻이 말 속에 녹아 있었다.

빨간 신호 앞에 트럭이 멈췄다. 햇살이 차창을 뚫고 들어와 예준의 무릎에 앉았다. 예준이 햇살 위로 손을 가져다 대니 두 손이 환해졌다. 밝아진 손에 새로운 희망이 내려앉을 것 같았다. 지금은 볼품없지만 언젠가 달라지지 않을까. 예준은 두 손을 맞잡고 기대를 품었다. 전보다 조금 더 나은 사람이 되길 바란다고, 포니제과점 사장처럼 훗날 베풀 수 있는 여유를 가지면 좋겠다고 말없이 기도했다. 드디어 학교 근처에 도착했다. 포니제과점 사장이 트럭을 세우자 예준은 어깨에 기대 자던 소진을 깨웠다. 소진이 화들짝 놀라 주변을 두리번거렸다.

"벌써 왔어?"

"응. 고단했지?"

"그랬나 봐. 아휴, 사장님. 데려다주셔서 감사합니다. 소문대로 정말 좋으신 분이 맞네요."

소진이 넉살 좋게 인사했다. 예준도 사장에게 말했다.

"감사합니다. 출근은 내일부터 할까요?"

"무슨 출근이야. 그냥 가끔 와서 가게 앞이나 청소하고 가."

예준은 포니제과점 사장과 아주 가까워진 기분이 들었다. 따뜻하고 낯간지럽고 이상한 느낌이었다.

"저기 영양사 선생님 아냐? 아니, 왜 영양사 선생님이 계시는 거지?"

소진이 예준을 툭툭 치며 창밖을 가리켰다. 영양사 선생님이 교문 앞을 서성였다. 복장 불량인 데다 지각까지 했으니 벌점이 쌓이겠지만 예준은 큰일로 여겨지지 않았다. 예준에게는 소진과 폐계와 포니제과점 사장, 그리고 햇살을 받은 두 손이 있었다.

마지막으로 알게 된 것

영양사 선생님은 예준과 소진에게 눈길도 주지 않았다. 그런데 두 사람이 교문 앞으로 가까이 오자 얼굴은 사색이 됐다.

"예준 학생! 이, 이게 뭐야?"

"선생님, 안녕하세요."

예준은 정중하게 인사하며 소진과 함께 들고 있던 케이지를 내려놓았다. 그제야 좀 살 것 같았다.

포니제과점 사장은 학교 근처에서 닭장을 내려주고 떠났다. 닭장을 학교로 옮기는 건 예준과 소진의 몫이었다. 케이지가 흔들릴 때마다 닭들이 퍼덕이거나 움직였다. 너무 무거워 조금만 걸어도 팔에 힘을 잔뜩 주어야 했다.

영양사 선생님의 표정은 이미 넋이 나가 있었다. 발표 때 사진만 봐도 비명을 질렀는데 진짜 닭을 데려왔으니 예준을 원망해도 할 말이 없었다.

"오늘 네가 해야 할 일이 얼마나 많은 줄 알아? 달걀빵 방송도 해야 하고 학생들한테 달걀빵도 나눠 줘야 하고!"

"점심시간까지 아직 시간 있잖아요."

"너희 지금 지각이야! 태연하게 있을 입장이 아니라고. 저것들은 대체 왜 가져왔니?"

"닭이 필요해서요."

"교장 선생님이 시켰어? 이번 급식 공모전은 왜 이렇게 유난스러우신 거야. 얼른 들어가!"

영양사 선생님이 케이지를 가리키면서 휙휙 손을 저었다. 예준과 소진은 다시 케이지를 들고서 교문을 넘었다. 영양사 선생님이 닭을 무서워한 덕에 무사히 지났다.

"힘들어 죽겠다. 얼른 내려놔야 얘네도 좋고 우리도 좋을 텐데. 어디에다 둘까?"

소진이 헉헉대며 말했다.

"닭장 옆에 놓자."

"거기? 너무 공개된 곳인데 누가 보면 어떡해."

"오히려 자연스럽게 생각할 수도 있어. 교체되는 닭인

가 보다 하겠지. 그리고 수행 평가 기간이라 아무도 관심 없을걸. 조금만 더 힘내자.”

“알았어.”

예준과 소진은 낑낑대면서 걸어갔다. 예준의 예상대로 학교 뒤편에는 아무도 없었다. 닭들은 한결같았다. 탈출할 생각은커녕 좁다란 닭장 안이 전부인 양 돌아다녔다. 예준과 소진은 닭장 옆에 케이지를 내려놓았다. 이마에 난 땀을 닦으니 종이 울렸다.

예준은 지친 몸을 이끌고 학교로 갔다. 힘이 빠졌는지 소진도 운동화를 질질 끌었다. 두 사람은 간신히 계단을 걸어 올라가 복도를 걸었다. 교실에 들어서니 반 학생들이 지각생 둘을 한참 쳐다봤다. 곧 일 교시 수업이 시작되려고 하는데 교복도 아닌 체육복 바지를 입고 왔으니 눈에 더 띄었다. 선생님은 아직 오기 전이었다. 소진은 곧장 자리로 가서 엎어졌다. 고마운 마음은 다음에 전하기로 하고 예준도 자리로 돌아가려는데, 슬후가 예준의 앞을 가로막았다.

“교장 선생님이 너 찾으셨어.”

교장 선생님이 찾은 이유를 예준은 알고 있었다. 아마 농장주가 교장 선생님에게 전화했을 것이다. 겁나지는 않았다. 알 수 없는 용기가 예준을 붙들어 주었다. 오히려 초조한 표정을 지은 건 슬후였다.

"대본은 썼어? 안 썼으면 오늘 방송 내가 나갈게."

"걱정 마. 다 써 놨어."

"이따 상장 수여식 있는 건 알아?"

"알아."

예준은 슬후를 지나쳤다. 자리에 앉아 책상 서랍에서 교과서를 꺼냈다. 곧 수학 선생님이 들어오고 일 교시가 시작됐다.

오전 수업은 평소와 같이 잔잔히 흘러갔다. 예준은 이상하리만치 마음이 고요했다. 중대한 일을 앞두고 벌써 일을 치른 기분이었다. 아침부터 많은 일이 있었기에 그런지도 몰랐다. 예준은 닭장 옆에 가져다 놓은 케이지가 궁금하면 쉬는 시간에 복도로 나가 창문에서 내려다봤다. 철제 케이지는 예준과 소진이 놓았던 그 자리에 그대로 잘 놓여져 있었다. 역시 아무도 관심을 갖지 않았다.

사 교시가 끝났다. 예준이 세운 계획 중에서 마지막 하나만 남았다. 급식 공모전의 발표를 앞두고 있을 때만큼 떨리지는 않았다.

영어 선생님이 교과서를 들고 나가기가 무섭게 반 아

이들 몇몇이 교실을 빠져나갔다. 아이들의 관심은 오로지 오늘의 급식이었다. 아침에 나타난 두 지각생에 대한 관심은 잊은 지 오래였다. 예준도 자리에서 일어섰다. 엎드려 있는 소진에게 다가가자 소진이 고개를 들었다.

"도와줘서 고마웠어."

"뭘. 나도 재밌었어."

"나 갈게."

"그래, 가서 잘하고. 근데 체육복 바지 입고 수여식에 가도 되냐?"

그러고 보니 아직 체육복 바지 차림이었다. 소진도 똑같이 체육복 바지를 입고 있었다. 쉬는 시간마다 엎드려 자느라 갈아입을 시간이 없었다. 소진이 미소를 지었다.

"케이지는 내가 가서 열게. 쟤네 불쌍해. 얼른 열어 주고 싶어."

"알겠어. 마지막까지 잘하자."

"그래."

예준이 먼저 교실을 나섰다. 마지막으로 닭장 옆의 케이지를 창문 너머 확인하고는 계단을 내려갔다. 이층 복도로 나와 교장실로 가는데 반대편에서 오는 찬호와 눈이 마주쳤다. 찬호는 예준의 눈을 피하며 괜히 손에 들고 있던 카메라를 만지작거렸다. 카메라를 잡으니 찬호가 방송부라는 게 새삼 실감이 났다.

"최찬호, 너한테 할 말 있어."

예준이 말했다.

"난 원래 길게 대화하는 거 귀찮아 해."

예준의 이어진 말에 찬호가 눈을 치켜떴다. 얼굴에는 '뜬금없이 그게 무슨 말이야?'라고 써 있는 듯했다. 말하지 않아도 하고 싶은 말이 다 드러나니 소진만큼 솔직한 편이었다.

"기억 안 나? 네가 저번에 무시하는 거냐고 했잖아. 무시할 의도는 아니었다고. 혹시 기분 나빴다면 기분 나빠 하지 말라고. 그럼 간다."

예준은 그동안 누구도 무시한 적 없다고 생각했다. 하지만 소진도, 찬호도 무시당했다고 느꼈다면 자신에게 아무 문제가 없다고 할 수는 없었다. 어쩌면 스스로를 돌보느라 다른 사람이 어떻게 느끼는지는 헤아리지 못했던 게 아닐까. 어디서부터 잘못된 건지는 모르지만 지금부터 차차 살펴 가면 될 것이다. 오해를 푸는 게 순서다. 자기가 힘들다고 다른 사람을 아프게 하면 곤란하니까.

찬호의 미간이 서서히 펴졌다. 예준이 교장실 쪽으로

가려고 하자 찬호가 앞을 막았다.

"네가 하고 싶은 말만 하고 가기냐?"

"왜? 할 말 있어?"

"아니, 그냥. 알겠다고. 먼저 들어가. 난 수여식 찍으러 왔어. 카메라 조정하고 들어갈 거야."

찬호의 입꼬리가 올라갔다. 예준의 고백이 딱히 싫지는 않은 기색이었다.

예준은 교장실 문고리를 잡았다. 딱딱하고 차가웠다. 아이들이 부푼 가슴을 안고 상장을 받기 위해 들락거렸던 문. 하지만 지금 예준에게 필요한 건 상장이나 상금이 아니었다.

이제 하고 싶은 이야기를 모두 전달할 시간이 됐다.

"방송실이 어디야?"

예준은 문고리를 놓았다. 카메라를 살피던 찬호가 예준을 바라봤다.

"이층 복도 끝인데 왜?"

"가면 지금 방송할 수 있어?"

"상장 수여식 하고 나서 너희가 방송실 쓸 거라고 후배들한테 말해 놓긴 했어."

"알겠어. 고마워."

"어? 어디 가?"

뒤에서 찬호가 예준을 불렀지만 찬호의 목소리가 예준을 붙잡지는 못했다. 예준의 발걸음이 점점 빨라졌다.

*

방송실 전경은 생경했다. 각종 장비가 커다란 철제 책상 위에 늘어져 있었고 모니터 네 대가 학교 곳곳을 비췄다. 예준이 들어가자 의자에 앉아 있던 두 학생이 뒤돌아봤다. 그중 앞머리를 일자로 잘라서 단정해 보이는 남학생이 일어섰다.

"어떻게 오셨어요?"

"달걀빵 방송하러 왔는데."

"잠시만요."

그 학생은 수많은 버튼 중에 빨간색 버튼과 초록색 버튼을 연이어 누르더니 철제 테이블 위에 놓인 마이크를 손가락으로 톡톡 쳤다.

"여기다 말씀하시면 돼요."

예준은 주머니에서 종이를 꺼내 마이크 앞에 섰다. 아주 많은 기억이 스쳤다. 뒤통수도 맞아 봤고 누군가 몰락

하는 모습도 봤다. 바닥을 치고 나서 용서를 구하기도 했다. 급식 공모전이 아니었으면 겪지 않았을 일이었다. 훗날 소중한 경험이었다고 회상하려면 무엇보다 지금이 중요했다. 예준은 바로 입을 떼려다 말고 방송실 문을 잠그고 왔다. 두 학생이 어리둥절하게 바라봤다. 예준은 깊은 숨과 함께 입을 열었다.

"안녕하세요. 이번 급식 공모전에서 수상한 유예준입니다. 오늘 급식부터 나눠 드리기로 한 달걀빵에 대해 설명하기 위해 자리에 섰습니다. 여러분이 지금 급식실에 가시면 공모전에서 대상을 받은 달걀빵이 후식으로 놓여 있을 겁니다. 실제로 달걀은 영양이 풍부한 음식입니다. 그런데 문제가 있습니다. 오늘의 달걀빵에는 썩은 달걀이 상당수 들어가 있습니다."

예준은 잠시 말을 멈췄다. 방송실 학생들이 눈을 동그랗게 뜨며 예준을 쳐다봤다. 방송실 문이 덜컹거렸다. 만약을 대비해 문을 걸어 잠근 게 다행이었다. 밖에서 "방송실 문 열어!" 하는 소리가 들려왔다. 학생들이 문과 예준을 번갈아 바라봤다. 예준이 고개를 가로저었다.

"책임은 내가 질 거야. 잠깐만 기다려 줘. 내가 어디까지 얘기했지?"

"썩은 달걀이라고······."

"맞다, 고마워."

앞머리가 단정한 학생이 엉겁결에 대답했다. 예준은 다시 마이크를 잡았다.

"저는 이번에 우리 학교와 협력을 맺은 닭 농장을 방문했습니다. 명목은 견학이었습니다. 그런데 거기 쌓여 있는 달걀에는 난각 번호가 없었습니다. 원래 달걀을 소비자에게 유통하려면 산란 일자와 제조 업체, 사육 환경 등을 알려 주는 번호가 찍혀야 합니다. 그런데 난각 번호가 하나도 없었습니다. 왜일까요? 불량 달걀이기 때문입니다. 소비자에게 유통하면 안 되는 불량 달걀이 우리 학교로 들어온 겁니다. 이상하지 않습니까? 믿기지 않는다면 점심시간에 학교 밖으로 나와 보세요. 농장에서 달걀을 낳던 닭들을 데려왔으니까요. 그 닭들이 지금 학교 건물 바깥에서 돌아다니고 있을 겁니다."

뒤에서 다른 학생이 조심스럽게 다가와 예준에게 귓속말을 했다.

"진짜 방송해도 괜찮나요? 혹시라도 잘못되면 저희까지 혼나는데요."

"내가 말하는 건 모두 진짜야. 종이 있으면 좀 갖다 줄래?"

예준은 주머니에서 달걀을 꺼냈다. 앞머리가 단정한 학생이 눈이 동그래져서는 큰 테이블 밑에 있던 이면지를 꺼내 예준에게 건넸다. 예준은 이면지 위에 달걀을 소리 없이 내려놓고 계속 말했다.

"우리 학교에 왜 이렇게 나쁜 달걀이 들어왔을까요? 그건 우리 학교에서 일어나는 다양한 공모전이나 대회 같은 행사에서 찾을 수 있습니다. 행사가 진행되기 위해서는 비용이 필요합니다. 그 비용은 어디에서 올까요? 올해는 닭 농장에서 지원금을 마련해 주기로 했답니다. 골칫거리인 썩은 달걀을 학교에 보내면서 지원금도 같이 보냈습니다. 불량 달걀을 납품하기로 한 대가인 셈이죠. 올해만 그런 게 아닙니다. 작년에는 양파였습니다. 이 학년, 삼 학년 여러분들은 아시죠? 다들 복통에 시달려야만 했습니다. 학교에서 이런 일이 지속적으로 일어나는데 우리는 왜 몰랐을까요? 그냥 주는 대로 급식을 먹었기 때문입니다. 왜 시키는 대로 해야 하는지 모르는데도 그저 그래야 하는 줄 아는 것처럼 말이죠."

예준은 주먹을 꽉 쥐었다. 무엇이 최고인지 모른 채 그저 열심히 하겠다며 교과서에 코 박고 공부하던 지난날이 후회스러웠다. 지난날의 어리석음이 현재로 이어지지 않도록 예준은 기운을 냈다.

"학교에서는 우리더러 최고가 되라고 말합니다. 최고가 되도록 아낌없이 지원해 준다면서 각종 특강이나 프로그램을 개설해 주죠. 하지만 학교에서 열리는 대회와 공모전의 수혜자는 소수입니다. 그마저 받지 못하는 학생들은 질 나쁜 급식만 먹고 시키는 대로 공부만 하다가 졸업합니다. 소수에 뽑혀서 최고가 되면 뭐 합니까? 결국 또 시키는 대로 살게 되는걸. 왜 우리는 시키는 대로 살아야 합니까? 시키는 대로 공부하고, 시키는 대로 움직이고, 심지어 시키는 대로 처먹어야 합니까? 우리가 닭입니까? 진정 학생들을 위한다면 학교에서 진실을 반드시 밝혀 주시기 바랍니다."

바깥이 더 소란스러워졌다. "거기 나와!", "이런 소동을 벌이면 어떡해?" 하는 질책이 들려왔다. "열쇠 가져올게요."라고 말하는 학생의 목소리도 들렸다. 시간이 얼마 없었다. 예준은 마지막으로 한 번 더 말했다.

"학교에 묻습니다. 우리가 먹을 달걀에는 난각 번호가 찍혀 있습니까? 오늘 우리가 먹을 달걀은 어디에서 왔습니까?"

방송실 문이 벌컥 열렸다. 교장 선생님과 선생님들, 슬후가 들어오고 뒤늦게 찬호가 카메라를 들고 쫓아왔다. 찬호가 안으로 들어오며 중얼거렸다.

"미친, 누가 유예준 아니랄까 봐."

교장 선생님이 찬호를 노려봤다. 찬호는 선생님의 눈총에 괜히 카메라만 만지작거렸다. 예준을 바라보는 슬후의 눈동자가 흔들리고 있었다.

교장 선생님은 곧바로 마이크를 끄고 무섭도록 예준을 쳐다봤다. 교장 선생님의 이마에 핏발이 섰다. 예준은 교장 선생님을 정면으로 바라봤다.

"유예준 학생, 이게 무슨 짓이죠? 당장 학생위원회를 소집하겠어요. 허위 사실을 유포하면 어떻게 되는지 보여 주죠."

"전 거짓말을 한 적이 없어요, 교장 선생님."

예준은 종이 위에 올려 두었던 달걀을 들어 손바닥 위로 내밀었다. 사람들의 시선이 일제히 달걀로 옮겨 가자 예준은 있는 힘껏 이면지 위에 달걀을 내리쳤다. 달걀이 깨지면서 코를 찌르는 악취가 방송실에 가득 퍼졌다. 예준의 손이 불량 달걀로 범벅이 됐다.

"아이, 씨!"

찬호가 코를 싸쥐며 카메라를 들었다. 처음부터 자리를 지키던 방송실 학생들도 비명을 질렀다.

"오늘 농장에서 가져온 달걀입니다. 오늘 아침 달걀 수십 판이 우리 학교로 오지 않았나요? 모두 누구 입으로 들어가나요?"

예준이 체육복 바지에 손을 닦으며 말했다. 교장 선생님의 얼굴이 발개졌다. 예준은 기둥처럼 그 자리에 얼어붙은 교장 선생님과 학생들을 뒤로한 채 방송실에서 뛰쳐나갔다. 이제 한 가지 일만 남아 있었다.

예준은 건물 밖으로 나왔다. 시원하고 쩅한 공기가 예준을 맞았다. 태양이 수직으로 내리비추고 하늘은 더없이 높았다.

"그 닭이 맞나 봐."

"빨리 잡아!"

아이들 근처에 폐계 두 마리가 비틀거리면서 바닥을 쪼고 있었다. 소진은 언제 케이지를 열었을까. 나중에 소진을 만나면 하고픈 이야기가 많았다. 예준은 살면서 처음으로 흙을 디뎠을 닭들이 자유롭게 돌아다니길 바라며 학교 뒤편으로 갔다.

폐계를 넣어 두었던 케이지는 텅 비어 있었다. 닭장 속 닭들은 옹기종기 모여 앉아 졸고 있었다. 예준은 엎드려 닭장 아래를 더듬었다. 있어야 할 금속 물체가 짚이지 않았다. 예준은 몸을 바닥에 더 밀착시켜 닭장 아래를 샅샅이 살폈다. 닭장 아래 있던 열쇠가 사라졌다.

"대체 어디 있는 거야."

급한 마음에 예준은 흙을 막 헤집었다. 뒤에서 짤그랑거리는 소리와 함께 둔탁한 물건이 떨어졌다. 예준이 뒤를 돌아봤다.

"이거 찾는 것 같아서."

슬후였다. 슬후가 손가락으로 가리킨 바닥에 열쇠가 있었다. 예준은 일어나 옷에 묻은 흙을 툭툭 털었다. 여기에 슬후가 와 있는 게 의아했다.

"그만 째려봐. 내가 알아서 온 거야."

슬후가 멋쩍게 대답했다.

"나 여기 있는 거 어떻게 알았어?"

"창문으로 다 보이거든."

예준은 바닥에 떨어진 열쇠를 주워 두꺼운 자물쇠에 넣고 돌렸다. 그러자 자물쇠가 허무할 만큼 금방 풀렸다. 예준은 자물쇠와 열쇠를 끌어내 뒤쪽 화단으로 미련 없이 던졌다.

예준이 닭장 문을 활짝 열었다. 하지만 닭들은 나올 기미가 없었다. 푸드덕거리면서 닭장 구석을 계속 맴돌 뿐이었다.

"탈출할 수 있는데 왜 나오지를 않아!"

예준이 닭장을 주먹으로 탕탕 두드렸다. 그제야 문에서 가장 가까이 있던 닭이 엉겁결에 나왔다. 나머지 닭들도 푸다닥대며 줄지어 나왔다. 예준은 마음속에 있던 묵은 감정이 바깥으로 모조리 쏟아져 나오는 기분이 들었다. 휑한 닭장을 보니 헛헛하면서도 후련했다. 가슴 한구석이 시원하면서도 아렸다.

슬후가 옆으로 다가와 아무것도 없는 닭장 앞에 조용히 쭈그려 앉았다. 예준도 같이 앉았다. 체육복 주머니에서 뭔가 바스락거렸다. 예준은 주머니에 있는 걸 꺼냈다. 납작하게 부스러진 포니쿠키 한 봉지가 있었다. 포니쿠키가 필요할 때를 대비해 집에서 나오기 전, 급히 챙겼던 게 떠올랐다. 그러고 보니 오늘 포니쿠키 없이 홀로 해냈다.

예준은 기념비적인 포니쿠키를 손에 꼭 쥐었다가 슬후에게 건넸다. 슬후가 말없이 예준을 쳐다봤다.

"봉지가 구겨져서 그렇지, 속은 멀쩡해."

예준의 말에 슬후가 포니쿠키를 받아 들었다. 으깨진

포니쿠키 조각들이 슬후의 입으로 들어갔다. 포니쿠키를 우적우적 씹으며 슬후는 빈 닭장을 응시했다. 쉬지 않고 타오르는 모닥불을 보듯 슬후는 눈을 떼지 않았다. 예준은 나중에 기회가 된다면 슬후의 금이 간 스마트폰도 고치러 가자고 말해야겠다고 생각했다.

이제 무엇을 먹어야 할까. 예준은 달걀만 아니면 무엇이든 맛있게 먹을 자신이 있었다.

불량
급식 탈출
／작가 메시지／

•••

　　저는 아침, 점심, 저녁을 꼬박꼬박 챙겨 먹고 간식도 수시로 입에 달고 삽니다. 배가 고프면 신경질이 나고 축 축 처집니다. 한마디로 음식에 진심입니다.

　　그런데 학교 다녔을 때를 떠올리면 급식 시간은 어쩐지 답답했습니다. 맛있는 메뉴가 나와서 신나게 급식을 먹은 적도 많았는데 말입니다. 지금 와서 돌이켜 보면 원치 않아도 정해진 것을 먹어야 한다는 데서 왔던 답답함 같습니다. 수업을 들을 때도 이따금 답답해서 도중에 뛰쳐나가고 싶었던 적이 한두 번이 아니었습니다. 창밖으로 나가서 한없이 달리고 싶다는 공상을 펼치며 수업 시간을 견뎠습니다. 겁이 많아서 실제로 옮기지는 못하고 무사히 학교생활을 마쳤지만 학교에 불만이 많았습니다. '왜 학교에서는 사는 데 필수적인 것을 가르쳐 주지 않을까?' 하는 의문이 들었습니다. 세금 내는 방법이나 근로

계약서 쓰는 방법, 생존형 수영, 요즘같이 범죄가 무성한 시대에 자신을 지키는 호신술 같은 건 왜 어른이 되고 나서 검색을 통해 알아야 하나 싶어 학교를 졸업하고 나서도 한동안 툴툴거렸습니다. 답답함을 이기지 못한 지난날에서 예준이라는 캐릭터를 끄집어 올렸습니다. 그런 다음, 예준의 행보를 조용히 따라가며 글로 적었습니다. 이 소설은 그렇게 완성되었습니다.

한 번은 스스로에게 솔직해지는 시간이 필요합니다. 다시 학교로 돌아간다면 수업 시간이 괴롭다고 마냥 불평하기보다 제가 진짜로 원하는 게 무엇인지를 진지하게 고민할 것 같습니다. 그러지 못하고 불평만 하면서 보낸 시간이 이제야 후회되고 아깝습니다.

'나'에 대한 진지한 관심은 타인으로, 나아가 사회로 이어집니다. 예준처럼 말입니다. 마음속 깊은 곳에 무엇이 자리 잡고 있는지 가만히 살펴보면 좋겠습니다. 진심에는 나약함을 단번에 거스를 힘이 숨어 있습니다.

강리오